西贡往事

布老虎中篇小说

温文锦 著

北方联合出版传媒（集团）股份有限公司
春风文艺出版社
·沈阳·

图书在版编目（CIP）数据

西贡往事 / 温文锦著. — 沈阳：春风文艺出版社，2020.5

（布老虎中篇小说）

ISBN 978-7-5313-5717-9

Ⅰ. ①西… Ⅱ. ①温… Ⅲ. ①中篇小说—中国—当代 Ⅳ. ①I247.5

中国版本图书馆CIP数据核字（2019）第264917号

北方联合出版传媒（集团）股份有限公司
春风文艺出版社出版发行
http://www.chunfengwenyi.com
沈阳市和平区十一纬路25号 邮编：110003
辽宁新华印务有限公司印刷

责任编辑：刘 维	责任校对：于文慧
装帧设计：黄 宇	幅面尺寸：130mm × 185mm
字 数：100千字	印 张：6
版 次：2020年5月第1版	印 次：2020年5月第1次
定 价：24.00元	书 号：ISBN 978-7-5313-5717-9

目录

西贡往事 / 001

哪吒，恋人 / 125

旅馆女孩 / 156

西贡往事

一

一个雨天的傍晚，我拎着小如猫咪的行李袋敲开了那所房子的门。

房子有些黯淡，湿乎乎的药水味弥漫了整个房间。狭长的暗白色的横棱格木窗隐约透出的光映照了她的半边脸。她用有些嘶哑的声音唤我道：“进来吧。”

说的是中文。

放下行李袋，随着她穿过走廊去盥洗室洗脚洗脸。那么小的房子，走廊却长得惊人。脱了鞋，光着脚跟着她白色的奥黛裙裾走动时，直让人觉得像是穿过了沁凉的长颈鹿脖子。

我的房间在长颈鹿脖子的另一头。

“澡，你会洗？”

“会。”我说。

她的普通话不太标准，听上去像是另一国度的人讲的另一种语言，但我不知不觉就懂了。我用懵懵懂懂的普通话大声地回她，起初是两个词两个词的，后来是断断续续的短句子。

阮扶贞是她的名字。

洗澡的时候，打湿了刘海儿。我对着镜子将湿成一绺一绺的刘海儿拨到一边，而后涂上强生 BB 霜。

“走廊的灯，记得关。”扶贞站在门口像看白色空气似的看着我，然后消失在门后。

“好。”我的回答穿过暗夜的走廊无人听得。

这一带，奇奇怪怪的公寓和风俗店一家挨着一家，扶贞的房子就在最里面靠近山脚的地方。四周全是紧紧挨着的形如小盒子的寓宅，简直黏成一片。这一片房子的建筑风格类似十九世纪的法国，天蓝色或是奶油黄的三角形屋顶很是常见，房门和窗户也大半装饰成粉彩色。

扶贞的房子有个狭小的院子，清早起来我蹲在院子里刷牙洗脸。院子里栽着凤仙花和天竺葵，以及仅有的一棵结实的黄檀树。每到放学时间，便有一群小学生挤过来，叽叽咕咕说着语调怪诞的越南语，扒在明黄色铁门上朝里张望。我才一只脚踏进院子，他们便一拥而散，又重新聚拢在其他家门口。我不晓得孩子们是否都这样嬉耍，还是仅对我们这个来了中国人的院子情有独钟。

对面的二层楼公寓，楼上住着一对年轻夫妇，具体有多年轻不晓得，只每天看着挂在细小阳台上的衣物裤衩和胸罩，宝蓝的、黛紫的，还有粉橘色和细花格子样，呼啦啦地甚是招展。有时会听到他们用越南话吵架的声音，但大部分时候，二楼窗户和阳台的门都是紧闭的，有斑斓的太阳花枝条像几近无人看管的儿童般垂到马路上来。

来这个家时，我没有同扶贞讲过我的事情，她也没问，自顾自地招待我吃饭。听舅娘说，扶贞这儿常接待亲戚朋友什么的，她都习惯了。“那孩子，打小就独自生活，晓得照顾人。”

“噢，那太好了。”我记得当时自己是这么说的。

可是，哪有一天到晚不理人的道理呢。

扶贞上班以后，我就一个人搬了凳子来到院子，在屋檐下看书。西贡的烈日甚是浓郁，明晃晃的，雷厉风行的日光像锯齿一样赫然把白日和阴影劈成两爿。虽然蜷缩在屋檐的阴影里，可是看不了多久，太阳穴就会隐隐作痛，眼睛也酸酸的。

真傻啊，后来我就不那么干了。

刚来的第二天，扶贞问我吃什么。我都说可以。她说了句冰箱里有吃的，就不再管我了。感觉上她总在睡觉，早上我起来的时候她还在被窝，基本上是过了中午饭的时间才起床，盥洗室一通响后她的房间又归于平静。大概是从冰箱拿了点三明治或者法国长面包和咖啡，又回房去了。下午接近五点的时候她才化完妆施施然出来，拎着白色小兜，头发吹得像褐藻，对我说声上班去了就不见人影了。

“真不想来这里啊。”我看着扶贞的背影模模糊糊地想。可是一开始闹着要来越南阿舅家的不就是我吗？高中毕业没考上大学，母亲就催促我复习一年重新考试。“要是能去尽量远一点的地方，打工其实我也愿意。”我是这么对母亲说的。

可是现在，果真能够待在什么都没有的地方，清清白白地从头开始吗？

我不知道。

扶贞上班的时候，我曾百无聊赖地偷偷进去过她的房间。牙白色的床单被子叠得非常随性，乍一看像坨开过了花期的白水仙。梳妆台倒是很大，零乱地放着许多外国商标越南文字的粉底、唇膏、香水之类的，从包装和设计上看得出是几个有名的外国牌子，不过是由越南本地生产的罢了。扶贞似乎不怎么用护肤品，仅有一罐黄油和护手霜，干巴巴地摆在角落里，俨然失宠的狗。

啊，是那样的女人。我在床头柜的闹钟下方窥见一个红色包装的安全套，像是见到了什么不得了的秘密似的赶紧将目光移得远远的。

屋子里有股淡淡的烟味，不像平常男人聚集房间后留下的粗鲁刺鼻的香烟味道，闻起来淡腥淡腥的，像是被碧蓝的海水过滤的烟味。我想，那应该就是抽烟的女人身上常有的体味吧。

像烟啦、唇膏啦之类的，虽然现在还不怎么晓得，应该将来就会像扶贞姐一样熟稔的吧。

在这所房子待了快一个星期，我每天都把房间收拾得整整齐齐，打扫院子，给花浇水，用手拧干抹布将粉青色大理石地板来回地擦。用过的碗筷、案板小心翼翼地抹过一遍，马桶也认认真真地洗了，本想把窗帘也一并拆下来洗，可是竖长形的窗户实在太高了，只好放弃。母亲说，到了人家家里，要手脚勤快，嘴巴甜。可是，我做的这一切，扶贞都好像没有看到的样子。大概她就是那样一个生性大大咧咧的人吧。

“哎，还没睡？”

“没。”

扶贞终于同我讲了几句话，不过是打招呼而已。她推着突突作响的摩托车进到院子里，我开了门，才十二点不到，竟然回来得这样早。

“小碗，帮我拿一下包。”听到她用中文叫我的名字，我吃了一惊。来这里后好久没人这么叫我了，乍一听好像在叫别人似的。

“好的。”我应了一声，从她肩上卸下那只白色小兜。

“不，是那个。”她朝摩托车下方努努嘴。

“噢，是袋子。”我看见她的女式摩托车脚踏板里放着两个白色包装袋，拎起来一看，是印有英文商标的服装袋子。

“今天下班这么早啊。”我说。

她好像对我的问题不打算回答，把摩托车熄了火，卸下头盔，走了进来。毛茸茸的长鬈发被压出了印痕，有点像不成形的结缕草。

我跟着扶贞穿过凉凉长长的走廊，把包装袋拎到她的房间。

“放桌上就好。”她拧开梳妆台上的白黄色镜灯，开始对着镜子卸妆。先是摘下睫毛，接着擦掉口红，然后把头发盘了起来。

放下袋子，我在门口站了一小会儿。扶贞姐的样子，让我想起初中时候读过的言情小说里的女二号，通常那样的女人都有长长的鬈发、玲珑浮夸的唇和粉红色的脖颈。我想起那天在她房间看到的红色安全套，再一瞥，已经不见了。

当我正小心翼翼地把扶贞卸妆的样子从镜子中一点一滴烙入脑海的时候，她突然扭过头来说：“先去睡了吧，这么晚了。”

我点点头。她把妆卸到一半，眼角残存的黛蓝色眼影，有点像哭，又像蝴蝶死后多余的身体。

“有空带小碗你去海边玩吧。”

走出门的时候听见她这么说。

回到自己床上，我想着扶贞的样子，想着她突然热情有致地说起到海边玩那番话。到这里一个多星期以来，这也算是她说过的比较亲密的话了吧。扶贞的样子，同我之前认识的中国女孩完全不同，不管是相貌也好，身材也罢，完完全全一副娇柔得不得了的样子。比方说那天早上我吃过早餐后，躺在客厅的吊床上晃荡着看书，扶贞穿着睡衣忽然呼啦啦地从我身边跑过，看样子是要去门口拿什么快递，丰腴又细小的白色脚踝从我眼前一晃而过，接着又晃了回来。长这样子脚踝的女人，真是羡杀人啊。什么时候起她会对我亲热起来呢？我想象穿着自己那套橄榄绿泳衣同她一起到海滩游玩的情景，不禁觉得温柔起来。

第二天一大早，我被晒到额头的阳光热醒了。一骨碌爬起来，才发现昨晚睡觉时窗户没有关，鹅黄的窗帘被撇到一边，七八点钟的太阳直剌剌地在床上形成一摊日光炙。

我像往常一样举着牙刷，肩上搭着毛巾，到院子里刷牙洗脸。在我呸的一声往下水道吐漱口水的时候，听见门口传来哐当一声。抬头一看，原来是上学路过的偷窥的小学生。穿着黑色校服的平头小孩突然把脑袋往后一缩，消失不见。我起身拚着腰，探头往路尽头望去，那边除了白花花的太阳形成的反光路面，什么也没有。在西贡，太阳是最不吝惜自己热情的，什么时候外面看上去都像白得失去细节。

我洗了把脸，用洗脸水浇了花，往房间走去。要是这时候扶贞醒了就好了，说不定马上会带我到海边去玩，不是吗？走过扶贞房间时，我将耳朵趴在她的房门听了听，什么动静也没有，那里面简直像阒无人迹似的。

拉开冰箱门，发现两天前买的长面包早已吃完，只剩下用来夹面包的一根黄瓜和两个番茄。我趿拉着拖鞋到巷口的早点摊买了一份春卷、一杯豆浆。付钱时想了想，又多添了一份。通常我早饭只吃夹着黄瓜和番茄的长面包，从不动手煮米粉或者蒸饭团之类，也不准备扶贞那份。但她昨晚回来得那么早，说不定会早起想要吃点什么吧。

来西贡这段时间里，哪儿也没有去过，光是在唐人街的阿舅家住了两个晚上，就背着包来这里。阿舅在唐人街是做盆景生意的，也兼卖点古玩和陶瓷，也亏得舅娘同我妈讲，小碗来这里同阿舅舅娘学做生意，总比留在国内打工强，我这才得以来了越南。刚来的那两天，晕头晕脑地在唐人街逛了一晚上，阿舅舅娘请我吃了一顿潮州菜，就叫了一辆摩的把我往扶贞姐家送。说到底，我连西贡这个城市具体是什么样，都还不晓得。

吃完春卷没一会儿，扶贞就起床了。不过，她好像没有同我讲话的意思。我在吊床上摇曳着读从阿舅那儿拿来的那本《鸳鸯刀》，听见盥洗室传来哗啦啦的水声。她洗澡，像是在同什么人做激烈的斗争似的，水声响得轰轰烈烈。过了一会儿，浴室静悄悄的，听得房门呀的一声响，扶贞又回房里去了。

她出来的时候同昨晚回来时妆容一样，只不过略微淡了些。已经蓬松了的鬈发末端黏在丝光白的奥黛上，沿着胸口不声不响地垂下来。

“买了春卷和豆浆，吃吗？”我将书扑到胸前，看着她。

“谢谢。有事要出去。”扶贞的中国口音很生硬，可能是起得太早的缘故，她的声音听起来拒人千里之外。

“噢。”我抬眼瞥了瞥桌上绿色饭罩里的春卷，模模糊糊地想那也只好把它当午餐了。

扶贞推着摩托车出院门的时候，我穿上拖鞋起身到院门，扶着摩托车送了把力，院门口有个台阶，不高也不低。她披上防晒的披肩，又戴上印有 Hello Kitty 的口罩，然后罩上头盔。从深深的头盔里看她透明的眼睛，只觉得很远很深邃。她朝我做了个拜拜的动作，轻踩油门离去。

仔细关上铁门，从门的缝隙里看出去，对门的老婆婆坐在门口的藤椅上正在一动不动地瞅着我，由于逆光，看不清她的表情。对面楼下那一家的老头子，每天都把腿脚不灵便的老婆子搬出来，放在门口透气。越南的老婆婆，同中国的老人家似乎也没什么两样，只不过更瘦小更沧桑。

还有，他们总是对中国人很好奇。

回到客厅，我想了想，又接着把留给扶贞的那份早餐一股脑儿吃了，继续摇摇晃晃地在吊床上看书。

电话铃响起时将近十一点，我迟疑了半天，才决定接。

“喂。”我拎起话筒试探着喂了一声。

没想到是扶贞。

“喂喂，是我啦。”

“嗯。”

“能不能麻烦你将我房间里的两个白袋子送过

来？坐摩托车过来就好。”

“好。”

“地址我直接发信息给你，记得给司机看就好。”

放下电话，我这才想起扶贞根本没有我的手机号码，我来住了这么多天，她压根儿没打算问我。她的号码，还是舅娘当时留给我的。

我拿出手机，用拼音打出“我是小碗”发送过去，随即推开房门。

昨天像鼯鼠的那两包东西今天还是像鼯鼠。我拎着它们，拎到了自己房间。迟疑了半晌考虑自己该穿什么衣服，最后换上茶藕色半袖衬衫和白色七分裤。衬衫有点褶皱，不过也算了。

扶贞发给我的地址是两行用字母拼出的文字，仔细看又不是英文单词，大概是把越南字母换成英文字母发出来的吧。拿给巷口的摩的司机看，那个坐在本田摩托车上头发略微花白的男子朝我伸出五个指头，我想大概是五万盾的意思吧，便点头跨上后座。

我将两个纸包放在座位前，一手攥住纸包，另一只手紧抓后座的扶手，任由车子汇入车流。中午时分的西贡，太阳暴烈，空气闷得胸口发烫，摩托车在狭窄的车道上灵活地穿行。可能是这段时间都窝在家的缘故，一出门觉得四周的光景浮白得煞人，两旁挨挨挤挤的商铺、招贴广告、街中心的花圃以及时不时一闪而过的巷角的小寺庙，让人觉得眼前的一切曝光过度得几近失真。

不多会儿暑气濡上来，只觉得额头恍恍的。遇到红灯停下来时，周围几辆摩托车一拥而上，突突地响着，像几头喘着粗气的怪兽。一个穿着青紫色奥黛蒙着口罩的女人骑着车，在我旁边停了下来。我摁了摁手上的纸袋，微微倾侧着脸看她，看不见脸，也看不见表情，只觉得她的目光从口罩上方直直地落在前方斑马线上。可能是身处异国的缘故，我对新鲜的人的感受格外敏锐，即便隔着她的淡白色的口罩，也能觉得她那样坚毅的神情，大概潜藏着某种不为人知的困顿的哀愁吧。正在这么想着的当儿，绿灯霎时亮了，女子的车比我们先行一步抽离，一掠而去的空气瞬间留下半秒钟真空。

很快我们的车也发动了，司机驾驶着摩托车穿行之际，感觉自己被酷烈、粉尘、日光和浓郁的街景包裹成困顿萎靡的小猫。其间司机似乎问了我几句什么话，大概是朝哪里走的意思，我不愿意被他看穿自己不是当地人，含含糊糊地“嗯”了声便算搪塞过去。

最终车子停在一间星级酒店的咖啡厅门前。我付过钱，拿下纸袋，朝这个招牌上画着一只看起来像麝鼠的猫的咖啡馆走去。被法国梧桐环绕的幽静咖啡馆，看起来同国内的这类场所没什么两样。站在门口的男侍应为我推开沉重的玻璃木门，一股袅娜的过于森冷的空气迎面扑来。果然，不管在哪个国家的高档场所，冷气必然是过于充足，完全抽离实际存在的。

进来后我站在门口呆立半晌，目光沿着吧台和周围的桌子徐徐逡巡。像找人啦送货啦这类活儿我最拿手了，在家的时候，就常常帮着杂货铺的妈妈送货到客人家里去。不过，当我站在这个富丽堂皇的咖啡馆时，觉得自己穿得未免有些单薄，茶藕色半袖半衫和白色七分裤，怎么看都像是上不了台面的打杂姑娘的装扮，连周围的几个女侍应生都穿得比我齐整得多。

落地窗边的角落里有人冲我招手。远远地看到被卷曲的头发缠绕的扶贞，一瞬间觉得她变得娇嫩弱小得不可思议。

可能是从来没有在距离这么远的地方看见过她的缘故。

我抱着两个纸袋若无其事地走过去。

“嘿，来了。”扶贞说。她身旁坐着一个穿白衬衫打蓝领带的男子，两人隔着不远不近、不咸不淡的距离。

我把抱得快要变形了的纸袋递过去，在他们对面的黛棕色真皮沙发上坐下来。深陷在巨大的充满褶皱的真皮沙发的我，和同样深陷在沙发里面的对面两人，感觉像是又暄又软的包子里的肉馅似的。

扶贞把纸袋接过去放到一旁，笑着对我说：“这是哲先生。”

“哲先生，你好。”

扶贞冲哲先生说了一句越南话，他转过脸来看着我，用相当地道的发音说了句："Hello！"

扶贞冲我嫣然一笑："他不晓得中文。"

我点点头，随即回应般地笑了笑。

这个人给我的第一印象就像只彬彬有礼的欧亚红松鼠。略微稀疏的额发，掩盖着快要松懈的发际线。与大多数越南男子不同，哲的皮肤相当润泽，看不出热带男人应有的淡黑色肤色。衣着也好，神态举止也好，均与星级酒店标配般的相应和。

"小碗喝点什么吧。"

"嗯。"

扶贞让侍应拿来了菜单，递给我，我一页一页地翻着，越南文下方无一例外地印着英文，很是好懂。

"要不干脆在这里吃午饭吧。"扶贞看着我，"如果不急着回去的话。"

我看了看扶贞，又看了看她身旁的哲，掂量了一番在这里吃饭的可行性。

扶贞以相当的鼓励性的眼神看着我，说起来，和她的目光如此深长的对视，大概还是头一次吧。我点了点头。

在扶贞同那男子细细翻看菜单的当儿，我不免有些浮想联翩。不知道为何，总觉得在这里遇到的她，比此前在家来得真实和亲切得多。青天白日下凝神细看那女人，家里有的神韵，这里有，却是多了一些触手可及的祥和。是她身畔的男人的缘故吗？我在心里摇了摇头，那男人同扶贞姐不像是情人一类的角色，更多地带有已熟知和未熟悉的进行时的关系，大约是什么具有暧昧性质的客户一类的人吧，我想。

我偷偷瞥了眼翻看菜单甚有默契的两人，随即低下头玩弄垫在桌上的印着酒店标志的餐巾纸。

扶贞点了鲜奶芝士通心粉和水果沙拉，我则要了火腿蛋松饼和一份燕麦酸奶。哲先生则连菜单都没读，便要了一份西冷牛排、烤面包和鹅肝沙拉。

点完餐，哲先生以询问的眼神望着我，用英文说道：“还要喝点什么吗？”

我摇摇头，客气地笑了。他让侍应给我上了一杯凤梨苏打水。

我咬着吸管，喝着冒着微微气泡的冰凉苏打水，凝眼呆滞地望向落地窗外。厚厚的茶褐色玻璃内向而自省，透过玻璃映衬出大棵大棵的梧桐、柏油路、私家车、男人、女人、侍应，和静谧得快要消失的阳光，那么酷烈惨淡的西贡正午，隔了质地厚实的玻璃窗，变得安好、平实。来时我额头沁出的细汗早已蒸干，贴着玻璃杯的脸颊凉凉的。身体适应店里的冷气后，便觉得完全疏离了先前酷热又狼狈的世界似的。

扶贞同哲说着话，从他们谈话的表情来看，大约是与工作相关但并不完全相关的内容。我半看不看地将大部分目光都落在玻璃窗上，玻璃上也映着扶贞和那男子的脸。表情是有的，经过光的折射已经不太明显。她红的唇、描过的眉、蓬松了的发梢，颜色已经不得见了，只剩下好看的轮廓，淡而纯熟的举止。不知为何，我觉得玻璃里映出的扶贞姐，像有淡淡的哀恸似的。明明她同那人讲话讲得那么热烈，连笑也是纵情得体的，可是这种感觉，像是被喝光的牛奶留在瓶子里的渣子似的黏在我心里。

上菜的时候我有点拘谨。到底是不熟的人。哲先生大方地给我和扶贞姐夹切好的牛排，我稍稍正了正位置，再一次偷偷打量那人。还算说得过去，如果是情人的话。哲切好牛排，侧身往扶贞的盘里送去。从侧面看，他挺拔的鼻梁画出一道优美的弧线，同他温柔的落在牛排上的目光交错成一体。扶贞姐淡淡地笑着，用手护住盘子边缘，垂着眼帘说了句听起来大概像是“谢谢”的话。

我静默地用刀叉吃着盘里的牛排和蛋松饼，任由两人亲切的、时有时无的越南话交谈的声音贯入耳膜。

突然，哲转过头来，用细长的眼睛盯着我看了好一会儿，问道：“Are you Tide Shan person？”

一时之间我有些措手不及。

扶贞笑道：“他问你是不是潮汕人呢。”

我点点头。

哲先生笑道：“我的外祖父也是。”

哲的英语发音既地道又流利，我却花了好半天才听得清楚。说起来，在西贡这段时间，我已有相当长的时间没有正经同人交谈了。

“是吗。”我说。

“从来没有去过那里，”哲摊开手，“我想那一定是个美丽的地方。”继而他憋着舌头用发音很怪的潮汕话说了一句“你好”，我也用潮汕话回答：“你好。”我们都笑了。阿姐看着我，笑眯眯地不说话。

静默半晌，我又低下头把注意力放在那盘蛋松饼上。这个看来颇有风度的男人最后会成为阿姐的情人吗？我用叉子费力地叉出剩余那块松饼，塞进嘴里，很大口地灌了一口已经不凉了的苏打水。

侍者收拾完桌子的时候我们三人又回到先前的状态。吃完餐后甜点，我的目光无处落脚，翻了翻一旁杂志架上的时尚杂志，又转而瞄向窗外。扶贞和哲似乎仍回到先前的话题的讨论——就表情而言，是那么回事。

不大一会儿，我感受到了某种静默，扭过头来发觉扶贞静静地看着铺着黄褐色桌布的某处，她的眼神落在某个虚处，像是惊悸的鸽子飞翔过后的无处可去的短暂得令人心怜的停歇。

哎。

我瞥了一眼哲。他同样静默着，表情有着某种程度的滞重。

两人的静默裹挟了我，如月色下在沙丘上踽踽独行的我，恍然觉得大概就这样下去的话，大家都会越来越迷茫的吧。

“吃饱了吗？”

我抬头，发现阿姐正在认认真真地盯着我。

“还要点什么喝的吗？”

“不了，我先回去吧。”我勇敢地迎向阿姐的眼神，发现她眯着眼冲我笑了起来，那样子像只万分乖觉的狐狸。这一笑，先前的疑惑瞬间豁然开朗，像阿姐这样的女人，什么时候都值得男人备感珍惜的吧。可是我，什么时候心底暗暗称呼起她阿姐来了呢？

“真的不喝了吗？”

“嗯。”

“那回去的话，路上小心点啊。”

我想扶贞姐大概有什么要紧的事情跟哲先生商量吧，我转头瞥了一眼拿过来的那两个纸袋，此时它们怪模怪样地趴在阿姐身边，大概等我走后阿姐就把它们拿出来给哲这个家伙。我想了想，没能搞清楚这里头到底装的是什么。

“那么，我先回去了。”

起身的时候，扶贞姐微微笑着看着我，哲也温和地一点头。他们俩，有那么一刹那是相互对称、彼此呼应的。可能是扶贞姐身边有着能够应和的男人的缘故，对我的好，都那么真切起来了啊。

所以，他们是有可能成为情侣的吧。

直到我踩着木地板，穿过吧台，推开沉重的玻璃门，才感觉他们的目光从我身上收束而去。

可是这一天，扶贞姐回来得同之前一样晚。仍是半夜两三点迷迷糊糊的时候，听见摩托车低低的发动机轰鸣声，接着是门响，门底的缝隙中传来一丝昏黄的光。闷声的脚步声由远及近地经过房间，一切都归复平静。

来这里之前，舅娘就同我讲过，扶贞姐在中国人开设的酒店上班，晚上回来得晚，让我别太介意。白天的话，走路做事什么的也尽量轻手轻脚一点，毕竟是常常上夜班，需要休息好一点。“因为是普通话讲得很好的缘故，扶贞姐她可是很受中国人欢迎的哟。”舅娘倒是这么同我自豪地讲述来着。可是见到扶贞姐的第一面，我就推翻了舅娘这种老一辈人的古板说法，明明就是因为扶贞姐她风情万种，同会不会讲普通话关系不大吧。

每次见着扶贞梳妆打扮后认真推着摩托车出门的模样，我就不由自主地幻想她工作时的模样，可是无论怎么样设想，也丝毫想象不出那到底是个什么样的地方。今天白天见着她坐在咖啡厅沙发上同男人谈笑风生的模样，大约等于一半时候她工作的样子吧？我躺在床上胡思乱想，走廊那头的盥洗室水声小得几乎没有，但眼下这当儿扶贞姐必定是在洗澡，我凭着想象一点一点地勾勒出浴室的声音。直到后来迷迷糊糊入睡，我都没能分清耳边传来的水声，究竟是我的想象呢还是真实存在的。

二

那天以后，阿姐一如往常上班下班，偶尔漫不经心地同我说上几句话，眼角眉梢还是那样疏离，仿佛那天送包裹同哲先生之间的遭遇，平淡得没有发生过似的。兴许扶贞姐就是这样的人吧，我胡思乱想过几回，想法也就淡去。

照例窝在家看从阿舅那儿拿来的武侠书，有时会到巷口的菜市场买菜，买完菜沿着巷尾的山脚慢慢踱一圈，又回来。舅娘说，等他们那边把新店铺装修好，我就可以过去帮忙了。说起来，她说这话也有十来天了，还是那个阴雨天傍晚，舅娘将我的行李提上摩托车尾，嘱咐司机将我送到阿姐家时说的。可是，究竟什么时候去上班，也没个准信。这样的话，妈妈给我的钱，也在一天一天地减少。

白天这个城市总是热浪炙人。那种热是从骨子里透出来黏在皮肤上挥之不去的闷热，即便是每天洗上三次澡，黏腻的滞闷的热气还是无法消散。大白天的，只要站在明晃晃的外头，不管是街道上还是树荫里，不多会儿汗水就往外冒，像被开水浇过了一般狼狈。阿妈说我是个夏天出生的孩子，“这样的孩子怎么会不由衷地喜欢夏天呢？”妈妈的这个说法，我也是承认的，可是，一旦离开了中国，到一个完全炎热得没有尽头的地方去，是我这个夏天的孩子完全没有办法想象的。刚刚来到这个城市，感到滞闷的头几天里，我总是半夜热醒，偷偷去浴室冲个凉，顶着湿湿的身子钻回被窝。就算是那样，也只能是在片刻的凉爽里透口气罢了。

我总在傍晚出门，或者天气晴凉的早上六七点去采买食物。就食物来说，热带地方的瓜瓜果果感觉比国内鲜艳明翠得太多，茄瓜也好，西红柿和大头菜也好，什么看上去都是脆生生的。还有一些我叫不上名字的水果，一箩一箩摆得极是热闹。扶贞吃得少，早餐又常常不吃，晚餐和消夜大约总是在上班的酒店解决，我把做好的饭菜留在餐桌用纱罩罩着，她尝过几回，却没怎么正经吃完过。因此我在做饭方面也就尽可能简单、清爽些。

买完食物，时间尚早的话偶尔会沿着巷子胡逛一通。这里的巷子同中国的一样狭小，只是火柴盒般的房屋颜色鲜艳，像是经过商量似的折叠得很好看。我通常踱到巷子尽头的山脚，绕着山脚走上一通，再回去。山很小，贴近山脚的人家沿着山种了些娇艳的蝴蝶花以及油绿油绿的蔬菜，边边缘缘弄得煞是齐整。可是这里墓多，走几脚时不时便冒出几座来，光天化日乍一看，让人心里有些逼仄。可能这个国家是这样吧，生者和死者习惯挨得很近，慢慢我也安然接受起来。

那天下午，我买了莜麦菜、苦瓜和新上市的两斤橘子，沿着回去的小路看到一位穿灰色僧袍的女尼，她戴着灰色无檐帽，拎着西瓜和橘子，撩起半边僧袍，往那山上走。

原来那山中有路啊！想着想着，不由得跟上了她的步子。虽说女尼一身灰袍，却走得甚快。跟在她身后四五米的距离，觉着神秘兮兮的。路窄小，也像平常少有人走，阶梯时有时无的。可能原本就不是什么大山的缘故，很快我就随着她到了半山。原来那是一座小庙。由于这小路是通往寺庙后门的缘故，只见得到后门边木头搭成伙房、柴房和洗手间。

女尼闪进寺庙时我愣了愣，提着蔬菜在那条路的尽头发呆了好久。一只半大不小的狸花猫从伙房的灶头跳出来，远远地望着我喵喵地叫，那样子像是有话要讲但又不愿靠近。

我往前凑了几步，猫倏忽一下跳远了。那么荒凉的山头，猫啊猫是为什么呢？

隔了两天我对扶贞提起这事，她愣了愣才说："山上是有庙。小时候去过的，现在不晓得。"

连扶贞姐也不晓得啊。

舅娘打电话过来的时候，我正冲完凉用毛巾揉着短发。接电话的时候，脖子还没擦，凉凉的一块，被头发滴下的水濡湿了后背的T恤。

“准备一下，星期一可以过来上工了。”

“哎。”我瞅了瞅挂历，是后天。

“可以的话，明天同扶贞过来吃晚饭。”

“哎。”

“之前同她讲过，她晓得。”

“好，我知道了。”

舅娘同阿舅，已经不怎么说家乡话了。她同我讲，也像是隔了很久一样捂出来的词。扶贞不一样，从小就把中文作为一门课程来学。简单的普通会话说得很是顺畅，但那大概是在酒店工作练就的吧。

阿舅大舅娘十二岁，他们离开中国的时候，我妈还是个孩子。说起来，妈妈也有好多年没有见过她的哥哥了。在那种情况下，妈妈对她同父异母的哥哥是怀着什么样的心情来思念的呢？我始终揣度不来，就好像阿舅见到我第一面，就若无其事地将我视作他一直以来熟得不能再熟的外甥女似的。

明天是星期天，扶贞照例休息。一想到今晚扶贞可能又回来得很晚，我觉得应当先发个短信把这件事同她讲。

“舅娘讲，明天我们一起过去吃饭。”在手机里写好这则短信，我想了想，又逐字删掉，改为：“明晚有空吗？舅娘喊我们吃饭。”

短信发送后，水红色的诺基亚手机很快闪烁出新的信息，扶贞回复：“OK。”

自从我晓得手机可以直接传中文短信给她，很多琐碎的小事，我都通过短信跟她讲。大概这样做，是因为我不晓得怎么同扶贞姐沟通的缘故。

因为想着晚上吃饭阿舅可能要跟我谈论工作的事，早上起来我特地换了一套看起来成熟些的细格抽褶衬衫和小黑裙。边吃早饭边发蒙的时候，我总不由得想着阿妈的话。阿妈的这个哥哥，有生以来只见过一次，加上今天也只是第二次，可是为什么他们一家对我，亲热到多少让人觉得有些茫然的程度呢？

可能是因为我，是唯一从老家过来的亲人吧。

吃完早饭，我顺手把碗洗了，拿了只苹果站在屋外的廊檐下啃。初升的日头暖烘烘的，照得院子璀璨动人。院落里长出来杂草，越来越同扶贞种的那些凤仙花融为一体了。我偷偷瞅了一眼对面的老太婆，她正一动不动地坐在自家屋门口闭目养神。对面那屋没有院子，因此老太婆闭目养神的时候总把脚丫子透过天蓝色的栅栏，伸到巷道上去。

真是个霸道的老人家啊！我边啃苹果边想。

扶贞起床的时候已近中午，我不仅拖了地，洗了衣服和被单，连中午的饭菜都准备好了。

“咦？”扶贞走过厨房喝水时掀开锅盖看了看，“好香啊。”

“是我做的酿豆腐。”我说，“打算晚饭时带过去，让阿舅舅娘尝一尝。”

“不错啊。”扶贞慢慢地眨了眨眼睛，拿着锅盖的手停在半空中，一脸温柔地端详起那在蒸屉里睡得像瓷娃娃的酿豆腐来。我偷偷看着充满食欲的扶贞姐，觉得她可爱极了。什么时候见过那么为食物心动的扶贞姐呢？好像还是头一次呢。

“阿姐喜欢的话，吃午饭时就可以尝一尝啊。”

“好呢。”

从咕嘟咕嘟响的锅里冒出的白色蒸汽笼罩了阿姐的脸，她那样子真让人觉得娇艳欲滴啊。

“那天那个人，是阿姐的男朋友吗？”我搓着手里的玉米，装作很不在意地问道。难得阿姐有这么亲切的时候，不知不觉就让人鼓起了勇气。

“啊，你说什么？”

“那个人……”

“没有这回事啦。”

“可是，那人看上去很好的样子。”我冲着她露出细细肩胛骨的吊带睡裙嘟囔。阿姐好像没有听到我的话，喝完水后，径直去了卫生间，哗啦一下拉上了门。隔着雕花玻璃看着她那影影绰绰的淡粉红色影子，我想，可能是男朋友太多了，所以才说不清楚的吧。

出发的时候差不多快四点。午饭后打了个盹，然后收拾好东西塞进提兜，来到门口，太阳又涩又刺眼，院子里的花花草草蜷得像脱了神。我用手搭成凉棚停在额头，呆里呆气地站着。

发呆的当儿，扶贞已经将摩托车从树荫下推到院门口，立住脚蹬，扣上头盔后，边系着头盔的带子边转头对我说："小碗，你也戴上头盔吧。"

"好。"

扶贞说起"头盔"这个词，感觉发音怪怪的，像是在说"积木""乌龟"那一类的词。

我放下拎包，回到客厅拿出挂在门背后的备用头盔，稍稍拍了拍灰往头上戴。可能是不习惯戴这玩意儿的缘故，觉得脑门被箍得紧紧的。

"笨蛋，戴的时候要向后转一下啦。"扶贞叫我"笨蛋"的时候我稍稍愣了一下，没等我反应过来，她就走到我身边，帮我拿起头盔重新扶正，还撇了撇我额前的刘海儿。被她扳正脑袋温柔地扣上圆乎乎的头盔的一刹那，我觉得整个人晕晕的。含有花露水清香的扶贞姐的胸部靠得我很近，她的嘴唇几乎碰到我的鼻翼，我还来不及看清她的眼睛，她已经走开了。

这样的举动真让人害羞啊。

阿姐驾驶的摩托车突突地响着，灵巧地在狭小的巷子穿行，那样子就像惯于躲避猎犬的獾。坐在后座扶着她的腰，好长一段时间我都傻乎乎地对阿姐刚才的举动没有回过神来。

是好看的女人，才会让我害羞的吧？我觉得阿姐举手投足真是没的说。即便是像我这样迟钝的、不谙世故的高中毕业生，也暗暗地将她的魅力偷偷地吸收进脑海，反复地回味。

在我浮想联翩的当儿，阿姐吱的一声停下车，我定睛一看，原来马路对面有个骑本田的年轻男子在冲阿姐打招呼。那男人穿着牛仔罩衫，罩着钢盔的脸看不清面容，他轻旋车头，掉头逆行过车流，朝我们这边开过来。

“嘿。”

“嘿。”

摘下头盔后的男人看起来像个文质彬彬的文化人，不太年轻但也并不老，算得上是个温和的中年男子。两人打招呼之后的对话，我一句也没有搞懂。只觉得阿姐同他说话的样子像是亲切中含有单纯的包容的成分。

那之后摩托车依然突突响着继续上路。戴着头盔的脑门黏着湿成一撮的刘海儿，很是不便，因为头盔是阿姐给戴上去的，所以怎么也不想摘下来重新捋一捋。沿途经过公园、学校、商铺和人来人往的交通要道，加之路旁花花绿绿的招牌、广告牌和绿化树，仿佛一一叠合了阿姐身上花露水味似的让人难以忘怀。也许坐在她身后，那股香气特别让人在意的缘故。

车子很快驶进了中国人聚居的地方。在这里，什么都是打着浓郁的中国色彩的商标。沿途的招贴、广告牌、门联和灯笼突然变成繁体汉字，摆放着熟悉商品的商铺比比皆是。刚来的时候匆匆一展眼，因为是晚上的缘故，什么都没来得及瞄清。现在扑入眼帘，顿时觉得亲切无比。

“快到了吧？”

“快了。”

阿姐开车时从头盔后面露出来的被压弯了的鬈发，时不时地挠着我的脸。真心觉得，如果就这样坐在她身后一心一意地看风景，也是自在呢。

车子经过一个拱形牌坊，停在巷子边的红门院子。阿舅的家，晚上来的时候，恍然觉得有些深邃，现在青天白日的，觉得敞亮好多。我跨下车，跟着推车的扶贞姐走进院门。

罗汉松、榕树、棕竹、海棠等各种各样的植物灌满了庭院。深青、茶青、卵绿、靛蓝、群青和浓稠墨绿，各种青青绿绿，说是灌满，一点也不过分，连石阶和铁架子上，都层层叠叠地摆放着各式盆景。先前来的时候，天太黑，只觉得黑魆魆中一片浮青在院子重沓，没想到敞亮了是这般光景。

“妈，我们来了。”扶贞跨进客厅，拧开了吊扇。

越南话“母亲”的发音，同中文一模一样。

我随着扶贞走进来，脱下湿漉漉的盔帽，用手扇着风。装着酿豆腐和武侠简装本的提兜，顺手放到了客厅的桌上。

客厅看上去阴凉凉的，实际上空气仍是滞闷。老旧的檀木家具在沉寂中发出暗淡的光。扶贞从八仙桌上拿起陶罐，给我倒了碗凉茶，又给自己倒了碗。我喝在嘴里，觉得涩涩凉凉的，大概是夏枯草一类的凉茶。

“我去厨房找阿妈，你就在这里待着吧。”扶贞喝完茶，将碗扣回原处，转头跟我说。

我点点头，兀自低头喝茶，突然想起提兜里的酿豆腐，便也拿出来去了厨房。

厨房在后院靠近花圃的地方，潮乎乎的，走进去便闻到一股浓浓鸡汤的香味。大概是放了生地、土茯苓一类的药材，闻起来十分清香的，一时之间不免让我有些犯乡愁。舅娘正蹲在地上剥毛豆，扶贞撩着粉砂色的奥黛裙角，也蹲在一旁帮手。脆生生的阳光洒落到潮凉的厨房，光线恰恰只落在她们手边。

“舅娘，我来了。”

“哎，细碗来了。”

阿舅舅娘总叫我细碗，不晓得是母亲在电话那头介绍我的时候，没把名字搞清楚，还是他们口音重，喜欢把“小”唤作是“细”。

“舅娘，这是我做的酿豆腐，你们尝尝。”

“哎，细碗乖。”舅娘起身往围裙上擦了擦手，接过我手里的保鲜盒。

我拧开水龙头，把手伸到冰凉的水龙头下，将手洗了个透净，转头在地上剥起毛豆来。用湿水熬煮过的毛豆滑溜溜的，轻压豆荚，豆子便扑哧一通滑出来，简直像是逗孩子。

扶贞同舅娘嘀咕了几句越南话，因为不懂，我便自顾自地讷讷地剥着豆子。扶贞倒是说着话，时不时地将几粒豆子塞进嘴里，我也学着她尝了尝，半生不熟的毛豆味道怪怪的。

“喂，说你呢。”扶贞突然转而用普通话同我讲。

“嗯？”

“住得惯不？”舅娘说。

“嗯，挺好的。”

“看样子细碗挺喜欢这里的生活啊。”

“哎。”

“干脆嫁到这里来好了。”

“啊……”我不知道该做出什么样的表情，只好傻傻地笑了。

“你阿妈身体还好吗？”

“还好，就是老犯鼻炎。”

“哎，有空让她过来这边玩。”

“好的。”

我们很快剥光了一筐毛豆，剥出来的豆子挤在宝蓝大瓷碗里，绿晶晶的看着真熨帖。

“细碗出去玩吧，阿舅就在园子里。这边我们来就好。”舅娘说。

我看了看扶贞姐，她起身卸下蜷在膝头上的奥黛裙角，拍了拍裙子，笑着对我说：“去啊，看种树去。”

“好，要帮忙就喊我啊。”

扶贞姐亲切地笑了。

园子其实并不大，可能是栽了很多树的缘故，感觉又深邃又厚重。这里头种的树都颇为古里古怪，除了我认得的罗汉松、榕树、棕竹一类的盆栽植物，大部分都叫不上名字。园子的边边角角还堆着各式假山、卵石、陶瓷盆和肥料什么的。西贡单纯而浓烈的太阳在这里似乎减缓了它的明度，连日翳也受到植物的影响变绿了。

我在浓浓重重的树里走，发现阿舅就蹲在角落的黄檀树下剪枝丫。头戴斗笠的阿舅穿着颜色有些旧的白汗衫，手里拿着粗粗的剪子，蹲在地上抚弄一小盆树。虽然斗笠挡着看不清舅的脸，只凭身影便能察觉得出他的神态。

晦暗的树影挡住了他的大半部分身子，他的目光很慢很慢地落在手里的树上，像凝视什么小动物似的。原来我有这样一个阿舅啊！甚至在一个月之前，母亲没跟我提起要到越南的时候，我还懵懵懂懂地对是否真有其人并不知晓。如今这个人活生生干干脆脆地出现在我面前，屏息凝视起来，郑重其事地感知着“这是妈妈的哥哥”这样的事实，真让人觉得不可以思议啊！

“阿舅。”我站的地方有点远，声音有点怯，好像更宁愿他听不到的样子。

“哎，细碗快看。”

阿舅直截了当地招呼我过来，连头都不带抬一下那般自然。

我赶紧小跑过去，蹲在一旁。

“啧啧，多美。”

实在闹不清这种干瘪瘪的枝丫尽是分枝的半枯树木美在哪里，只觉得这么根枝粗壮的家伙挤在一个靛蓝瓷盆里怪憋屈的，要我来养，定会让它痛痛快快地想长什么样就什么样吧。

“你看，它像什么？”

“有点像缺了半只角的山羊的脸吧，也有点像小时候玩过的那种木滑梯。”

“嗯……”

我不晓得自己比喻得对不对，感觉把阿舅的心爱物说得有些粗俗了，要是让我细细思考，定会说出类似像倒立过来的仙鹤啦，长了翅膀的乌龟那样高大上的比喻来。

“每种树木都有自己的个性，细细了解它们各自的性格的话，就会发现很多不一样的地方。”

“原来是这样啊。”

仔细看过去，才发现那树顶上缠绕着细细的铁丝，看上去要成为某种形状的样子。我暗暗地想，阿妈所说的学做生意，就是跟着阿舅像这样侍弄植物吗？真是很怪的工作呢。比起我那些同学毕业后要么上大学、上高职，要么到咖啡馆或是服装店打工来说，究竟我这样的工作算什么呢？

在我默默地想着心事的时候，阿舅却不知不觉地站了起来，像变戏法似的从一旁的工具篓里拿出一个斗笠递给我：“干活的时候，要记得戴这个啊。”

斗笠拿在手里结结实实的，怪让人觉得踏实的。

到了晚饭时间，太阳还没落山。在这里，太阳总是透亮透亮的，连带傍晚绚烂的霞光也不放过。美归美，总是太酷热。摘下斗笠跟着阿舅从园子返回客厅，一时间植物带来的清凉又被闷热所取代。天气虽热，可不管怎么说，我这个年龄的女孩总归不会因为天气热而影响胃口。说起来，这也算是年轻的好处吧。

八仙桌上满满地摆着白斩鸡、卤水鸭、蒸螃蟹、各种青菜，还有我带来的那盘白嫩嫩的酿豆腐，摆放齐整的碗筷旁还衬着得体的小酒盅。满漾漾的菜肴一时之间勾起了我的乡愁，恍然间觉得自己好像哪里都没有去，先前发生的，现时门外车水马龙的奇言异语，不过是无心造就的一场梦罢了。

连阿舅在海关工作的大儿子栾雄同儿媳、园子工作的工人阿丁也来了。

吃饭的时候大家话多，各人说着越南话，我一句也听不懂，除了舅娘不断地往我碗里夹鸡肉和鸭肉，基本上我只顾拿着筷子闷头扒饭。酒是有的，从坛子里倒出来的老黄酒装在壶里，扶贞姐一杯一杯地倒进小酒盅，我跟着大家热闹闹地一口气抿了，只觉得喉间热辣辣的。

阿舅话少，同刚刚在树木面前亲切的模样判若两人，不晓得是否和植物打交道多过和人交流的缘故，身为一家之长的他在众人面前看上去怪严肃的。

扒完饭，我夹了块蹄髈，没头没脑地咬着。虽然很快地把饭吃完了，可我不想就这么快离席，只好又吃起来。我一边吃，一边想着明天就要跟着面前坐着的阿舅、阿丁一块干活了，感觉怪不踏实的。我还没有从明天起就要跟这两人一起工作的意识，自己的第一份工作，是在离家千里之外的不熟悉的地方、不熟悉的语言环境下开始的，怎么都觉得很茫然。

从院里跑过来的一只大白狗在桌下四处乱窜，我把咬完的蹄髈骨扔在脚边，大白狗饶有兴致地啃个没完。

大家话说得热闹，我却把兴趣转移到桌下的大狗身上。坐在我旁边的扶贞夹起一块鸡肉，唤道："huiaiwei！"说着远远地把鸡肉往院子里一抛，白狗一个箭步蹿上前去，极为神气地啃了起来。

“它叫妖怪。”

“啊！妖怪？”

“对。越南话发音叫‘huiaiwei’。”

“huiaiwei。”

我注视着虎头虎脑啃鸡肉的妖怪，心里默默地记诵着“huiaiwei”的发音。有时候，妖怪也能给予人力量吧，我不知怎么想到这个，可能是因为院子里树木密密层层的，幽深的地方有妖怪是好事吧。

回去时舅娘给我打包了一盒蹄髈，说是卤了很久的，让我放在冰箱里同扶贞姐一起吃。“这孩子，平时也不晓得做饭。”说的是扶贞姐，却笑吟吟地看着我，搞得我很不好意思。

同来时一样，拎着装蹄髈的网兜跨上后座，扶着腰身比我还细的阿姐，我们离开了阿舅家。跟来时不同的是，我兜里揣着一张舅娘给的西贡地图，上面标着从家到店里坐的公交线路。铜版纸印的地图塞在兜里，被我揣得潮乎乎的。

三

上班以后，我就没多少心思关注扶贞的一举一动了。反正大部分时候，她也是一副对我顺其自然的样子，说不说话好像也没那么重要，总之，她就让我觉得是那种即便不怎么用心交流也能感到其魅力的女人。有时候她也会同我说上几句，大体上是半咸不淡的“睡得好吗”“小碗的衣服真好看啊”“这种东西在中国也很受欢迎吗”诸如此类的对话。久而久之，我也学着用阿姐那种说话方式同她交流，可是不管我怎么说，感觉上总是有点别扭。

这只能说明我本来就不晓得该怎么和她相处的缘故吧。

阿舅的店叫万历堂，是一家卖盆景兼古玩的店，售卖的东西除了阿舅自己栽种设计的盆景以外，还有从中国进货的一些古玩珍奇，虽说不上古董级别，倒也非常别致；说不上特别好的生意，忠实的顾客倒也不少。大多顾客对阿舅的盆景手艺都很上心，时不时来挑挑货，鉴赏一番。有的客人还拎着鸟笼或者穿着类似马褂的袍子。得知我是中国人，客人就特别喜欢同我说话，什么“泰山是一座怎样的山”“电视剧《红楼梦》你看过吗”或是“真想去长城看一看啊”，也有问“现在的中国姑娘都长你这样吗”这种没来由的问题。有时候我觉得莫名其妙，有时候也挺得意的。好像在这里，中国人挺受欢迎的。

当然，也有人会拿着中文书来问我一些古里古怪的问题，幸好上中学时课外书读得多，有些常识性的问题还能凑合着应付过去。有个姓杨的老头儿，好像是附近仓库管账的书记，就时不时拿着不知从哪里买来的繁体字版的《小窗幽记》来问我，多半是问这个字什么意思，那个字怎么念，我暗暗地感到头痛，心想要是说不会的话，那也太难为情了。

不过还好，里头大部分繁体字我都认得，实在是不会的，假装端茶倒水的当儿查一查阿舅案头的字典或者干脆连蒙带猜也能应付过去。

我上班的时间是早上八点半到下午五点半，虽说是店里的销售兼会计，但概括起来就是什么都干，像修剪植物、打理苗圃、送货之类的活儿也要兼顾。阿舅说我不会说越南话，因此销售的事情不能完全让我打理，我总是跟在阿舅或者阿丁的屁股后面一边帮忙一边记账。像盆景啦、陶器古玩什么的，大多有颇为诗意的中文名称，记起账来也完全不是问题。

阿舅的店就在堤岸区的商铺街上，从旁边一条巷子拐进去走五分钟就可以到阿舅家。店里摆放的都是古玩和小型盆景，如果客人要挑选大型盆栽的话，便由我直接领到苗圃去。不过，通常培植成型的盆景都被摆放出来，尚未养成型的盆景阿舅也舍不得让人瞧见，据说是那样树木的精魂就难以完全变得美丽了。

可究竟什么是树木的精魂呢？我觉得这种事物大概只存在于阿舅的瞳孔里罢了。

说法归说法，总觉得阿舅是个规矩颇多的人，虽然表面上总是对我很亲切，一旦做起事来，不小心没达到他的要求，可是会蛮严厉的。

我渐渐能分辨一些瓷器和盆景的种类了，奇奇怪怪的古玩也知道一点。什么陶瓷、紫砂、根雕、漆雕、奇石之类的，从橱窗里拿出来拭擦的时候，也慢慢领会到其中的美感。

扶贞来过店里一次，那天她冷不丁骑着摩托车停到店门口，我正对着一株冒了芽的榆树发呆，满心思是中午吃饭时阿舅同我叮嘱的如何料理新进货的紫砂壶那些事。阿舅下午在家休息，阿丁则送货去了，店里只有我一个人。

“嚯，小碗在呢！”

抬头一看，是扶贞姐，她穿着珊瑚红披肩，一边卸下头盔一边走进来。

“扶贞姐来了。”

“蛮像回事的嘛，小碗。”

“还行吧。”

我低头打量了自己，除了衣服外头套着一件干活儿时用的咖啡色围裙，穿着上同从家出来时没什么两样。大概她说的是我站在柜台时的样子吧。

“刚毕业的时候我也曾在这里站过几个月柜台，爸爸这个人，他养的花草可是难侍候得很呢。”阿姐把从车上取下的一大串钥匙放在玻璃柜台上，右手不断地撩着钥匙圈，笑眯眯地看着我。玻璃被钥匙磨得沙沙响，听上去又硌耳又撩人。

阿姐在万历堂工作的事情我听舅娘说起过，不外乎侍弄花草、售卖古玩不合乎她的兴趣，索性转头去了酒店工作。“年轻人啊，还是喜欢富有朝气的工作，成天对着花花草草和一些不知什么年代的老旧物品，很难呗。”这么说的话，我不也是年轻人吗？认真说起来，我还比阿姐要小个四五岁啊。我暗自嘀咕舅娘的话，想来想去也觉得这样沉默古怪的自己适合这样的工作。要是在国内的话，我没准也会找一份会计或者图书管理员之类的工作。

“所以你啊，要好好加油哟。”

“我知道了，阿姐。”

扶贞姐像是看什么似的在店里转了一圈，然后抬起头来说：“真了不得啊，又添了这么多新品种。”

看着阿姐弓着腰瞪大眼认认真真欣赏阿舅的作品的样子，我不由得想，这个扶贞姐到底是有多久没来过万历堂了呢？

扶贞姐走的时候留下一打榴梿蛋糕，说是酒店刚出锅的新鲜蛋糕，要我们尝尝。她说自己是上班时间顺便兜过来的："记得让阿舅和阿丁尝尝啊。"平时不怎么说话的阿姐，突然出现在工作的地方，还那样叮嘱我，想想都窝心啊。

虽然她只是想要送蛋糕过来罢了。

阿丁送货回来的时候，我正在翻看放在店里柜台横隔放着的那本《盆栽趣味》，作者是周瘦鹃和周铮。说起来，阿舅除了有一堆古董，相当古老的中文书籍也为数不少。这本1957年出版的书皱巴巴的，比我比阿妈的年纪都要大。不知为何，自从到了西贡，我看书就变得专注起来，连这种平时不大看得上眼的专业类书籍都看得津津有味。至于阿舅那几本港版的金庸小说，更是翻了一遍又一遍。大概是所能找到的中文书少，而闲暇时间又太充裕的缘故吧。

抬头看见阿丁进来，我从柜台下拿出阿姐带来的榴梿蛋糕，招呼他过来吃。

“阿姐拿来的蛋糕，尝一尝吧。”我说的是英文。

“好的，谢谢。”

阿丁走到柜台后，用挂在台边的手巾擦了擦手，从桌上的水瓶倒了杯茶，一咕咚吃下去，这才走到我面前。阿丁总是这样，送货回来累得满头大汗，稍事休息就又开始忙这忙那。听舅娘说，他是附近技工学校的毕业生，因为一心喜爱阿舅的园艺手艺，才一门心思留了下来。

“这个……”

阿丁好像对我摆在台面上的蛋糕看着有些诧异。也难怪，阿姐从酒店拿来那么精致的小点心，这种不是任哪个货摊上都买得到的东西，确实让人纳闷。

“阿姐从她店里拿来的啦。”我说。

“噢……”

我们两人的英语都很蹩脚，交流起来经常要重复好几遍加上比画手脚才闹得清楚。我买了本中越对照词典，憋急了会拿出来翻看，有时也用手机，手机上有那种中越对照的软件。不过我同阿丁之间，基本上没有闹到那么深层次交流的地步。

阿丁吃蛋糕的样子有点像啃番薯，我们隔着柜台对坐，面前摊着一张报纸，垫着溅下来的蛋糕末。

大部分时候，就我同阿丁守着店。阿舅喜欢同他尚未长成的植物在一起，在店里的大部分辰光，也是捣鼓整理那些古董杂碎。我打了个哈欠，眼角余光瞥见阿丁塞满蛋糕的嘴巴，正有力地嚼着。看他吃得津津有味那样子，心想那大概也是个喜欢过阿姐的人吧。

世界上的男人，可以分为喜欢阿姐的和不喜欢阿姐的两类。自从认识扶贞姐以后，我不由得有了这种单纯的二分法。

四

扶贞突然提起说带我到海边玩，是我上班差不多一个月后的事情。

“去海边玩，怎么样？”

“好啊。”

她一面说着，一面扶着连衣裙后襟，让我帮着拉上后腰的拉链。我正坐在饭桌前撕鱿鱼丝，手干涩涩的，赶紧起身往围裙上抹了抹手，哗啦一声将她的鱼尾连衣裙拉上。

“刚刚祖来电话，说星期天一起去海边玩。”

“啊，祖是谁？”

扶贞没有回答我的问题，顺手从盛着鱿鱼丝的碗里捏出一根，放在嘴里细细地嚼着，吃得一股子惬意。

“这个星期天，记得了哟。”

扶贞冲我粲然一笑，扭头回房去了。大概又是在准备化妆出门上班吧。这个无论什么时候都对任何人任何事物展放她的温柔的女人，心底到底是怎么想的呢？虽然对她所说的去玩这件事很是向往，可是我也下定决心默默抗拒她的魅力。

见到祖的时候，我还是有点吃惊。他穿一件质感很好的白色恤衫，秀气的额发下，一双细长的眼睛又深又黑。我本以为他会对我说点什么才上船，谁知他只是粲然一笑，蛮有默契地接过我同阿姐背的挎包，就同我们一起登上了船。我心下嘀咕着，这样的男生，究竟是阿姐的男朋友，还是阿姐男朋友中的一个呢？本以为阿姐的男朋友大都是上次在酒店见到的哲先生那般，是既成熟又稳重的社会精英。这个秀美得掐得出水来的少年，同阿姐走在一起，无论如何都过于单薄了吧。

一路上阿姐和他有说有笑地站在船舷，海风款款，掀起他的额发和阿姐的裙襟，甚是醉人。即便是远远地坐在木椅上发蒙的我，也偷偷地想要往他们那边瞅上一眼。

祖挂在恤衫口袋的太阳镜，时不时地朝这边反射出光来。由于太阳很晒的缘故，他们靠着栏杆背对着海。戴着大檐草帽的我，冷不丁抬头瞥见祖撩着阿姐被风吹散的长发，觉得害羞便低下了头。

我来到西贡这段时间，基本上哪儿都没去过。在人生地不熟的地方，一心一意地待在自己的小世界里。上班面对花花草草瓶瓶罐罐，下班独自睡觉或是做饭，这样子的活法，有生以来还是头一次。如果，有可能的话，我还想继续这样子生活下去看看。揉着手里的船票，不知不觉中我抬起头，看着蔚蓝的天空。

天空是令人期待的碧晴色，那种毫无污垢的绿，同阿舅园子里的树木既相似又全然不同。大口大口地呼吸着清新得令肺腑颤动的空气，不知怎的，我竟落下泪来。

微妙的、晃动不安的高三结束之后，我就打算开始独立的生活。虽然母亲和继父一而再地挽留我，说什么无论如何也希望我同他们一起生活，我还是选择了这条路。也许，任性地摆脱看起来像是束缚的关系，是自父亲离开我们后，我埋藏心底多年的选择吧。

至于耀辉——中学时期的男朋友，也是这场选择之中连带需要被放弃的地方啊。也许从认识耀辉的那天起，这个决定就早已存在了的。只是眼下身处异国的我，随着船舷轻微晃动的身体，不知缘何又重回昔日情境。

在西贡的两个多月的日子，好像数不完的日夜似的，离开家乡的整个人，大概从头至脚都翻了一番。我将双手夹进合拢的膝头，任手心渍出汗，黏湿了船票。

说起来，我在这个城市还没有结识任何一个朋友，即便是扶贞，关系也是淡淡的。至于一同工作的阿丁，有时候觉得他总有些什么事情想对我说，健康而局促地微笑着，用有限的几个英语单词说着说着便不了了之。还有阿舅，虽然每日面对老瘦嶙峋的树木不怎么说话，隐隐觉得他什么都明白似的。哪怕只是轻轻抬头唤我一声："小碗，去把拉丝刀给我拿来。"我也觉得他内心深处一定是对某个事物了了分明的。

那是一个同上了年头的榆树一样让人心安的人。

正在我胡思乱想之际，扶贞姐踩着高跟鞋咯噔咯噔地走上前来，递给我一罐可乐。罐装的可乐迎着夹杂着腥气的海风喝起来格外爽口。许是因为扶贞姐笑意盈盈的缘故，刚刚的小情绪倏然消散，我甚至因为自己面对如此风和日丽的光景沉湎伤感而感到害羞。

“喜欢这里吗？”

“喜欢。”

海风照例撩动坐在我一侧的阿姐的长发，我屏息静气地坐着，默默感受着海风、淡蓝色的栏杆、白色的海鸥和从阿姐发梢发散的气味。

“那个……你们常去海边吗？”

“啊。去过几次。”

“祖很帅。”我故意地、狠狠地流露出赞许的语气。

“啊。是吗？”阿姐仿佛什么也不知道的样子，她眯着眼，视线透过仍然站在船舷的祖，落在比我还远的地方。

逆光中的祖，头发的边缘镶着淡金色，他好像冲着我们这边笑，但笑容融化在刺目的阳光里让人看不确切。

因为不会游泳，祖跑到海滩附近的商店去给我们租救生圈，我则跟着扶贞躺卧在椰子树下的躺椅上，一人捧着一只插着吸管的椰子。穿着橄榄绿泳衣的阿姐，大部分肌肤裸露在椰子树的阴影里，浅黑的皮肤看上去像是涂了一层蜜。

我很怕晒，一年到头户外活动的次数少得可怜，这次也是带足了防晒霜里里外外抹了个遍。说来还真怪，来西贡这段时间我竟然长胖了，直到穿着屁股紧兜兜的泳衣时我才发现这一点。

“他的皮肤真白啊。”祖拎着两只泡沫样式的救生圈回来时，我不由得冲阿姐感慨了一番。谁知祖竟然像是听得懂中文似的，朝我非常有默契地笑了。

我尴尬地望向阿姐，像是寻求什么帮助似的。

“还真是。”阿姐不以为意地耸耸肩，她的脊背沾着的沙子都快要脱落了。

祖将救生圈放在我的椅背后，笑嘻嘻地看着我，那一刹那我以为他会脱口说出什么“皮肤真的很白吗”那样的回答来，谁知他只是用英文说了句“常常听扶贞提起你呢。”

“真的吗？”我睁大眼睛，连方才大大咧咧调侃陌生男人的羞愧都丢到脑子后了。

“扶贞说她有一位很可爱的中国表妹。”

“啊，谢谢。”比起祖圆润又自如的英语来，我的回答还是满蹩脚的。近距离地看着这位清秀的男子，觉得他比方才更生动更像真的——隔着一段距离看上去，那人总有一股不真实的美感。

“有空要向你请教中文哟。”祖大大方方地搬了个躺椅在我们中间坐下来，双手枕在后脑勺。

“噢，好。”我怎么也想不出“不敢当”这个英文单词该怎么说，只好稀里糊涂地应了句“好的”。

“我的中文名字……”祖随手捡起一根树枝在沙地上沙沙地写起来。他的手很修长，盯着看久了会有连同他的手陷入沙子的感觉。

“阮、元、勇。”我缓慢地读了出来，“对吗？”

祖笑着点点头，轻轻地在那个名字下方画下一个圈。

写完自己的名字没多久，祖牵着阿姐的手去了海里。我兀自留在椰树的阴影里，呆呆地看着那个人的名字，一点一点地被风吹散。

那日见过祖后，这家伙似乎就从我和扶贞姐的生活里消失了。既没有他的消息，也没有听阿姐再提起过。

亲密成那样的一对男女，怎么会突然就烟消云散呢？

“元勇怎么样了呢？”有一天我趁着拿龟苓膏去阿姐房间的机会，假装无意地问道。

“啊，那个人啊！”

好像在说不相干的人似的。

“还是老样子啊。”

这样一来，我就没话说了。什么老样子不老样子的，根本就好像没有那回事似的。

阿姐将叼着的烟放在珐琅彩的烟灰缸里，拿起我端过来的龟苓膏一勺一勺地咬着。那次去海边晒出来的游泳衣印痕，早已从她身上无声无息地消失了吧。我瞥了一眼穿着米老鼠背心和短裤的扶贞姐，她正在漫不经心地坐在床沿翻看一本时尚杂志。她那样子，就好像我前世是她丫鬟似的。

说不定就是啊。明明长了一副丫鬟脸，却又不甘寂寞地打听这打听那的。

“祖在法国啊。”阿姐突然抬起头来认真看着我，“我们小时候常在海边一起玩的，后来他跟着父母移民去了法国念大学。”

“哇。”我说不清是惊讶还是失望，也许又有一点点难过，竟然“哇”了一声出来，简直像个孩子。

“怎么了？”

“啊，以为是阿姐的男朋友呢。”

扶贞摇摇头，既没肯定又没否认，眼神淡然得跟昨天似的。

我装出对祖没什么兴趣的样子，没头没脑地吃着自己碗里的龟苓膏。

雨季一来，我花在园子里的时间就多了起来，总要帮阿舅干这干那的，不是怕暴雨淹了小树苗，就是怕雨水打翻嫁接的枝干，还得忙着清理被落叶泥浆堵塞的通水管道口。

植物种在盆子里就是好，任人搬来搬去也毫无怨言。我总是自说自话地冒出各种无厘头的想法，可能是待在这里，能真正用熟悉的语言交流的，只有我自己吧。

下雨天的时候，人手不够，万历堂就得暂时歇业半天。在挂上阿舅用毛笔字写的中文和越南文的“本店歇业”牌子后，就可以合拢大门往阿舅家的园子里跑。

有一天，来了个怪客。

是个女尼。

她穿着灰色僧袍，用很沙哑的声音指着铁架上的一株罗汉松问我：“那是多少钱？”那是一株摆放了一段时间的附石式盆景，因为松树被怪里怪气的石头遮挡了大部分的缘故，问津的人并没有多少。

“多少钱”的越语，我还是晓得的。我用计算器打出价格，凑到她面前。

女尼用几近好奇的眼神看着我，不说话。我感到她圆圆的眼睛里，有某种怔忪的纯真。

“那样的人，会喜欢那样的石头和树啊。”我觉得不可思议。

她只是稍微地过问了下价钱，就不再说话。轻轻地在店里走了个来回，浏览了其他零零散散摆放的陶瓷、紫砂和漆雕之类的，她的目光重又聚拢在那棵松上面。

那棵树，好像是她很久之前就认识的什么亲戚似的。我见过的客人里，都没有她这种眼神的。曾听阿舅说起，这附近有所佛学院，跟中国的佛学院是很像的。年轻的出家人在那里学习从中国传来的佛教、汉字和经文。有的出家人，经过一段时间的学习之后，甚至会去台湾或者大陆留学。

那个女尼，会是他们中的一员吗？我愣愣地想着。

“喜欢吗？”这句中文不知不觉就说出了口。

“嗯？”她转过头来看我，好像是听懂了的样子。

“喜欢吗？”我又重复了一遍中文。

她点了点头，露出一丝欣喜的笑，隔了好久才说出“喜欢”两个字。虽然身着灰色僧袍，左肩上背着的挎包却是土黄色的。她攥了攥土黄色的包带，试图对我说些什么，犹豫了半刻，却又说的是越语。

“啊，对不起。”我摊开手，表示自己听不懂。

“没关系。”发音有点怪，但我大体上听懂了。为了表示自己的最大诚意，我又按了一遍计算器，一个比原来低得多的价格。

她看着那个数字，流露出温和的、单纯的笑容。看不到失望，也并非对这个价格的否认或是拒绝，好像我擦的 BB 霜那样真实无害的表情。

那个女尼走了以后，我一直愣愣地回味着她的表情和面容。那样的面容，让我想起那日跟在后山上寺庙的女尼的面容。虽然仅仅看到她的背影，连侧脸也不曾见到。或者今天下午这个女尼的出现，是对于未曾见过真面目的后山女尼的补充呢。

我坐在椅子上，扭来扭去想着这件事，蓝色圆珠笔一戳一戳地在废弃的账本上留下印子，只生生地认为，她大概是最适宜那盆松的性格的主人了。

晚上回到家，我见到扶贞姐在房里一边吃着泡芙一边上网玩游戏。头发随意盘在脑后，真丝睡裙有好几道看上去像是睡出来的印痕。她时不时地突然加班，又时不时地突然休息。休息也大都在家玩游戏或是睡觉，总之，能和她在一起聊天、玩的机会没有多少。

当我换上家居服正准备去盥洗室刷牙洗脸的时候，盥洗室的门猛地打开，冒出一个衬衫纽扣没怎么扣好的大男人来，吓了我一跳。

“哎呀，吓死人了。”我尖叫起来。脱口而出的是中文。

衬衫男子很是惶恐地向我道歉，他上身的衬衫只扣了三个纽扣，穿着一条不知哪儿来的花式家居短裤，狼狈的样子比我好不到哪里去。

确认他是哲先生足足花了我十五秒。

各自道歉后，哲先生诺诺地返回阿姐的房间，我也没好气地回房褪下家居服，套上一件起了球的碎花连衣裙。待我打理停当出来时，发现扶贞和哲先生早已打理停当，他们坐在客厅的沙发上，一个抽烟，另一个翻看报纸。

“还没吃吧？”扶贞望向我。

我望向哲先生，哲先生笑眯眯的，儒雅、平静的样子让人觉得刚才好像什么也没发生，我的心情也一瞬间好转。

“哎……”我说。

“出去吃吧。”

“嗯。”

快八点了，繁华的街市喧嚣得有些落寞。浮灯、夜摊、挤来挤去的人群和露天咖啡座，显示着这个城市深处醉人的活力，夜色宛如刚刚贲张似的。我跟着这两人走在涌动着夜风的小径上，隔着不远不近的距离看过去，这两人的背影一个轻俏一个沉稳，随着轻快的步伐，支离的灯光在他们身上生生掠过。

扶贞带着我们从一个网吧旁边的楼梯拐上了二楼。这个叫“软风”的小店隐藏在一家小型超市的二楼，平时不注意根本看不到。虽是小店，布置却满舒适的，我们在靠近凉台拉门的位置坐了下来。

正是晚饭时间，店里客人满漾漾的，老板娘胳肢窝里夹着两张菜单，一边给我们写菜单，一边不住地往扶贞和哲先生的身上瞄。

“阿姐常来这里吧？”

“嗯。”扶贞漫不经心地将头发拢到一侧，对我的提问一点也不以为意。

“好地方啊。”

“嗯。”

我闷头想着，先前同扶贞姐来这地儿吃饭的，都会有谁呢。因为是分开的沙发椅，我们三人围桌拢坐着。店里的空调并不怎么凉快，反而是挂在墙上的几台风扇，开足马力像带电的小骡子般转得很得劲。

等上菜的当儿，我好奇地左顾右盼，毕竟被人带着来这种风俗小店吃饭还是头一遭。哲先生和扶贞慢悠悠地聊着天，我既听不懂也插不上话，只觉得这两人比先前那一次见，说话的样子更温暾一些。

蔗虾、炸春卷、豆腐沙拉和海鲜酸汤。

菜一上来，我就开吃。扶贞姐用纤细的涂着樱红指甲的手敏捷地夹着菜，虽然之前一个劲儿地吃着泡芙，现在吃菜的样子可是一点也不含糊。

席间，哲先生说起了一个笑话。他先是用越语对扶贞姐讲了一遍，阿姐笑得前俯后合，像个没心没肺的洋娃娃，连桌上的椰子酒都快被她的笑声漾出来了。

笑罢，阿姐说："我讲给你听吧。"阿姐说话的当儿哲先生也点点头，我于是放下筷子瞧着他俩。

"从前，越南农村有家有个老太太，老太太有个儿子。这个儿子呢，是个很胖很胖的年轻小伙子。他到底有多胖呢……"阿姐伸出樱红指甲的手来，从我这头比画到哲先生那头，"这么胖。"

"这个胖小子喜欢吃米饭，每到稻米收获的季节，这个胖子就开始吃。他到底吃了多少呢？"扶贞姐又开始比画，"这么多……像蔗虾这么多，像炸春卷这么多，像豆腐这么多，像小碗的花裙子这么多……"阿姐一口气说着"这么多、这么多"的，简直停不下来。

这时哲先生笑了，他笑起来眼角下方出现细细的皱纹，让我不禁想起小时候镇上冬日街头摇着拨浪鼓的卖货郎的笑。只有那种走街串巷的卖货郎，才会笑出来那样的纹路吧。

我呆呆地想着，不由得也跟着这两人傻傻地笑了。真不是什么好笑的笑话啊，哲先生也根本不是适合讲那种笑话的人。可能是我们都灌了几盅酒的缘故，开怀变得非常容易。

吃得差不多的时候，我提出要先回去。

“好啊。”阿姐答道，“要当心哟。”

哲先生也随之微笑点头。

我暗自嘀咕，这两人应允得这么有默契，阿姐今天大概是不会回来了。我冲哲先生略略点了点头，说：“不好意思，让您破费了。”

英语很是蹩脚，哲先生这回的微笑与刚才摇拨浪鼓的卖货郎的笑完全不同，是得体大方的绅士式笑容。

真是的，明明那么渴望了解扶贞姐的事情，一旦她同哲先生的关系若无其事地在我面前展露的时候，我又变得厌倦起来。我打了个饱嗝，推开挂着铃铛的玻璃门，门外的燠热扑面而来，我闪身走了出去。

因为吃得过饱，我慢慢地沿着一条略微清静的林荫小路踱回去。树荫下尽是露天的咖啡桌，三三两两地坐着聊天的年轻人。在越南，咖啡馆就像是露天的大排档一样廉价和普遍。时不时有刺眼迷离的招牌霓虹灯光打在我的身上，粉紫橙黄和翡翠绿，经过的时候感觉换了一身颜色。

手机嗡嗡地在兜里响。自从来这里换了当地号码后，就没什么人会来电话。除了阿妈，便是舅娘。阿姐是用短信沟通的，我们不打电话。

“喂。”

“喂。”是阿妈。她说话永远是又轻又急又畅快。那个人做什么事都风风火火的，跟我完全不一样啊。

“啊，阿妈，这么晚了。”

“阿碗，明日是你阿爷二十周年祭。”

“噢，二十年了啊。”

“记着啊，要想念阿爷一下。”

“噢，好。”

快十点了，阿妈竟然会冷不丁打这样的电话呢，平常都是问些闲事，什么身体还好吗，工作顺利吗，住得惯吗之类的。突然郑重其事地交代要我怀念阿爷，这点不太像她啊。一般人家的小孩子，会同他们这样说吗？阿爷被查出胃癌那一年，我才刚出世，被阿妈抱到病床前，“娃啊娃”地逗给阿爷看。阿爷很欢喜，没多久就过世了。阿妈时常同我讲阿爷最疼的是我，可是一个刚出月的孩子，哪会有记忆呢。

挂了电话，我在林荫里站了好一会儿。这是林荫里的尽头，露天咖啡的喧嚣到此结束，往前拐的小巷子，就是家那头的巷子了。

停下来时才发觉脑门上尽是细细密密的汗珠，我靠着树，用脚搓了搓树下的泥，心想要是带了零钱，在刚刚的咖啡桌坐下来喝一杯冰咖啡也是好的。

扶贞回来得同平常一样晚。在热烘烘的床上辗转反侧的时候，我听见了门响。那女人，终究还是回来了啊。我屏息半晌，只听得阿姐的脚步声由远及近地经过，心中预期的男人的脚步声并没有响起。

只是寂寥的，阿姐褪了高跟鞋的脚，踩在黑暗中水磨地板上的声音。

第二天依然是个大晴天，晴得分明纯粹，连院子里的凤仙花都快蔫败了。我把洗脸剩下的水倒在花丛里，干干地盯了一会儿蜷成小卷的凤仙花叶子，便转身收拾东西去上班。

在万历堂上班以来，我的早餐几乎都是在车站旁边的一家河粉铺吃的。一忙起来胃口就大了，吃得就更多了。待我急急地吃完早餐赶上电车时，已经八点十五分了。店铺离我们住的地方正好三站地，十五分钟的话有点够呛。挤在早晨的充满活力人群的电车厢里，扳着一晃一晃的扶手环，不由得想起阿妈昨晚对我说的事情。

说来也怪，之前在家时，阿妈从没对我提起过什么要思念阿爷的事情。忌日那天阿妈会早早起床，在院子摆好海菜、腐竹、腰果、发糕等素七样，要求我们小孩跟着一起烧香上供。阿妈还总是自己折元宝烧给阿爷阿婆，说买的太潦草，还是自己折的好。

懵懵懂懂地，跟着大人一起度过了这么多个阿爷的忌日啊，我胡乱地想着。

站我前面的是个穿白色奥黛校服的女学生，好像正在塞着耳机背英语单词。好几次我怔忪地盯着她的后背看，过于贴身的奥黛显出文胸带勒出的多余的肉，书包是浅绿色的，鼓鼓地挎在右侧，怎么看都和这一身白校服不搭。

随着电车忽快忽慢的行驶，我一面抓紧手环微晃着身子，调整着自己跟前面女生的距离，一面竭力地回忆着对我来说几乎素未谋面的阿爷，把之前从阿妈摆好的供桌上看到的阿爷的笑容同我婴儿时期的照片联系起来，就是那样一个老爷爷，将我抱在怀里，开心得如获至宝的样子。

好多次了，也只能回忆到这个。

离开中国，遥远的阿爷却变得亲切起来。那是隔着二十个忌日的阿爷啊！是我一个人生活得太久，思绪被过滤得干净的缘故吗？

电车毫无预兆地哧一声刹住车，抬眼一看，白色奥黛女孩已经不见踪影。到站了，我想。车门外是汹涌的天光色，才八点多，阳光就灿烂得离谱。灿烂阳光下攒动的人群里，有大半是流着中国血统的越南人吧。

我蔫蔫地趴在柜台上，几乎快要睡着了，脑门前顶着看了一小半的《浮生六记》。好看的武侠书都看完了，只剩下这种看得直让人打瞌睡的古书。门口那只关公的黑脸照到太阳时，正是阿舅和阿丁中午休息的时间，只剩我独自一人待在店里，无聊得与瞌睡做斗争。

我从兜里拿出手机，插上耳机线，打开音乐播放器听起歌来。听的是 Beyond 的《真的爱你》。澎湃的鼓点激越着脑门两侧的太阳穴，我跟着小声地哼哼着，多少有些振奋起来。

手机里存了一百多首歌，都是我来越南之前从电脑拷出来的，都是陈奕迅、王菲、周杰伦他们的流行歌曲，也有摇滚一点的像 Beyond、朴树和黑豹乐队之类。在异国他乡插着耳机听着中文歌曲，感觉格外爽利。每次我戴着耳塞走在喧闹得令人咂舌的街上，扑面而来的异国风景和耳朵里传来的乡音情怀交相融汇，有股说不出的温柔。Beyond 的《光辉岁月》《海阔天空》和朴树的《那些花儿》那几首都快被我听烂了。

正哼得起劲，手机嗡地响了。

"喂。"

"细碗哪。"

"哎，舅娘。"

"今晚过来吃饭，五点就收工吧。"

"这么早？"

"是啊。你阿舅交代了，早点关店早点过来。"

原来阿舅把阿爷的照片挂在杂物房里啦。那间杂物房，原先是放货的，后来万历堂搬店了，货大半都移到店里，只剩一些画框，没用的茶壶、花瓶之类，还有断了胳膊的佛像什么的。

阿爷的照片挂在房间最深处，不走进去看不见。

同我小时候从照片上看见的阿爷不同，这张照片上的阿爷年轻些，头上的白发并不多，柔柔地笑得很俊。供桌上摆着豆干、芝麻糕、无花果、花生和海带干这些。两旁的蜡烛摇摇的，映得照片上的阿爷一小爿一小爿的红晕。

不知怎么我就怯了。

舅娘唤我先去给阿爷烧炷香再来吃饭。“让阿爷保佑细碗顺顺利利，聪聪明明。”我同舅娘洗了手跟进屋来。

拈着香时我问舅娘：“阿舅他们呢？”

“早上供过了。就剩你了。”

恭恭敬敬上香的时候，我就想，阿爷若是泉下有知，该是在家乡呢还是在西贡？指不定他老人家来回两边跑很忙吧。

米饭熟的时候，舅娘喊住我，叫我盛两碗给阿爷供上。我把米饭堆得老满，可是都没有办法像阿妈做的那样，她供给阿爷阿婆的米饭，上面永远是座塔。

晚餐只有咕噜肉、咸鱼干、干蒸的蕨菜和海带拌胡萝卜丝。看来平常阿舅和舅娘就吃这些。

“你哥嫂早上上供的时候来过了。”舅娘漫不经心地说着，好像在对空气说话。

我低头扒着碗里的米饭。

“扶贞下午上班前我喊她来了。”

“噢。”我还是些许应了一声，阿舅则沉沉地吃着，看不出有什么表情。和阿舅舅娘坐一桌吃饭，好像我是他们的独生女儿似的。

祭拜过阿爷之后，有好几天我觉得很安心。我在电话里把这事跟阿妈说了，她看来好似很欣慰的样子。

这天，我无端端地问起扶贞：“见过阿爷不？”

扶贞正在剪指甲，边剪边看电视上的歌唱选秀节目。剪指甲也好，看唱歌比赛也好，扶贞都好像有点漫不经心，她的心思好像放在什么地方似的。

“什么？”

“阿爷，你见过不？”

这个问题使得她抬头看我，认认真真地盯着我看，搞得我差一点以为自己问的是什么不得体的问题似的。“阿爷啊，没有见过。不过大哥好像见过。”她说的大哥是那个在海关工作的栾雄，栾雄大扶贞差不多十岁，栾雄出生时，阿舅舅娘应该还在老家吧。

我点了点头，张口想说点什么，结果只是“哦”了一声。

“小碗见过吧？”

“我太小，没有印象啦。那时候都还不到一岁。”

扶贞若有所思地点点头，她想了想，说：“给你看个东西。”就放下剪子，起身回房去了。

会是什么呢？

照片上有年轻的阿爷、阿婆、阿舅、舅娘、阿妈，还有舅娘怀里抱着的婴儿——那大概就是栾雄。穿着白衬衫阔西裤的阿爷，看起来恍若隔世。我费了好长时间，才将上面的人一一辨认出来。穿着细花衬衫头上扎着小辫的阿妈，看起来足足比阿舅、舅娘小一轮，简直是个孩子。在这张照片上见着的阿妈，远比实际上我认识的她来得更为亲切和柔和。在我还没有出生的年代，阿妈和阿爷阿舅他们一起，过着和现在截然不同的日子啊！

我不由得看呆了。

扶贞似乎也对这张照片情有独钟，她小心翼翼地把它放在相册的第一页，接下来才是阿舅舅娘的结婚照，和扎着小辫坐在童车上的她。

电视机的唱歌节目仍在响着，时而传出呼啦啦的欢呼声，时而又是歌手纵情煽动的歌声，我低着头，随着阿姐樱花色的指尖指引，专心致志地看相册。

“什么时候扶贞姐来中国玩就好了。”看到阿舅当年在中国意气风发的样子，我轻快地说道。

然而阿姐没有答话。

我又像是故意开玩笑似的说：“中国的男生也很帅呢，不比祖差。”

扶贞像是没有听到的样子。我只得作罢，讷讷地继续翻了下去，看到一张阿姐穿着校服奥黛的样子，梳着齐刘海儿的两条辫子，羞涩地笑着，旁边是国旗、操场和由五颜六色的太阳花组成的花坛。

这么年轻的，跟我年纪差不多的阿姐，我还是第一次看到。我下意识地瞅了瞅阿姐，她若无其事地扶着相册镀金的边缘，一副无所谓的样子。

“哎呀，这么可爱的阿姐我还是头一次看到。”见阿姐好像没有反应，于是我放心大胆地说出了心里话。

“我有点累了，先去洗澡了。”阿姐突然合上相册，伸了个懒腰，扭身往房间走去。亮闪闪的指甲剪还留在沙发上。

“哎。”

我不该说那话的。

五

雨季的西贡，总在快要傍晚的时候变天。饱含着白天暑气的积雨云转眼间变成了乌云，接着是轰隆隆的雷声、闪电声。我已经养成反应迅速的习惯，一见到积蓄着乌云的天空，就马上将摆在门口的小花盆啦、木架子啦什么的往店里移。基本上还没等完全挪进店里，倾盆大雨就沿着屋檐直直泻下来。

一到下雨天，万历堂就变得幽暗起来，店里尽是老古董，紫砂的老茶具啦、根雕啦、陶瓷造型的马啦，各式各样的手工艺品，加之盆景里暗绿的植物，这些老旧的什物因为雨天的缘故随着光线陡然转暗，让人觉得店里的空气质地都变得浓稠起来。

这时总要拧开日光灯。吱吱作响的交流电的声音混在雨声里，听上去冷冷的。

就是这么个雨天。阿舅对我说，下班时间到了，我什么时候回去都可以。他把脸埋在鉴定物品的柜台里，就着里面的灯泡对着一只老得不会走动的怀表说的。

我说我晓得了。

那段时间我已经开始学起越语来，虽然没有在这个国家一直生活下去的打算，一时兴之所至，突然就自学起越南文来。可能是因为封闭的时间已经够久了，我也会开始想要真正地了解生活在我身边的人的缘故吧。

我有一本中越对照的小册子，加上又买了本词典，和从网上下载的 MP3 教程，自个儿琢磨起来。阿丁在这里，没事的时候会教我。他是那样耐心和温和的一个人，让他教我的话，这种交流比直接地聊天说话还要好。一开始我就把店里货品的名称先学会了，什么碗啊、椅子啊、表啊、马啊、茶壶什么的。接下来才慢慢学习日常会话。

阿丁有个习惯，同我说话的时候总用左手支棱着右胳膊，右手抵在下颌下。一讲话下颌就被右手抵得一动一动的。

“这个，你喜欢阿姐吗？”有一天我问他。

“喜欢啊。”他老老实实地说。

由于他说得过快过于不假思索，我反倒纳闷起来。

“你喜欢扶贞对吗？”

“是啊。”

我得到这么个答案。他说得过于实在，搞得我觉得怪怪的。大概他不晓得我说的“喜欢”的意思吧。英语单词里，“喜欢”太简单了点。

阿舅说可以下班了，我还趴在柜台前翻看越语词典。今早出门的时候，在夹着的门缝里发现一张明信片，看样子是大清早邮递员放那儿的。明信片正面印着一根羽毛，背景是淡而简洁的、构图典雅的欧洲乡村风景，背面则贴着印有“FRANCE”的邮票，看样子是祖从法国寄来的。

由于明信片上的字迹潦草，我迎着光细细翻看了几遍，也没搞懂大致的意思。就凭我学的那点越语，只看得懂开头的“你好吗”“很想你”和署名“祖”。中间稀里糊涂的越语单词连在一起是什么意思，却是个谜。

我歪着脑袋想了半天，就急急地把明信片放在客厅的茶几上去上班了，心想扶贞起床后会看到的吧。今天上班时，脑海时不时地浮现那几个词。这个祖，到底在对阿姐说什么呢?

阿丁来接班了，晚上店铺总是阿丁过来值守。伞湿漉漉地竖立在门口，和关公挨得很近。他走进来的时候，我才看到他半边身子都被雨水打湿了。

阿丁朝我和阿舅点点头，就到柜台前整理起账目来。

“嘿，阿丁。”我往阿丁这边凑过来，“这个词什么意思？”推过来的笔记簿上写着今早看到的那几个词。

“歉意……拖延……”阿丁费力看了老半天，最后嘟嘟囔囔念出那个词是“结婚”。

由于阿丁每次教我单词的时候，都是翻译成英文意思后字正腔圆地用越语念出来，这回他英文说得结结巴巴的，我费了半天劲儿才听清。

“啊，是这样！”我冲阿丁点点头。

这家伙一笔一画地在我的笔记簿上写上英文翻译，我却很着急似的用力扯过簿子，大声说了声“谢谢”，搞得阿舅回头瞪了我一眼。

几天过去了，没见到扶贞收到那张明信片后有什么动静。究竟是我对祖的明信片上面写的那番话会错意了呢，还是阿姐压根儿不在乎？

“明信片收到了吗？”趁着阿姐打开电视机的工夫，我飞快地问道。

“嗯。”阿姐冷冷地说道。

真是的。竟然把对祖这家伙的情绪也波及我身上了。

懒洋洋的午后，我窝在屋檐下的吊床上看《二刻拍案惊奇》。来越南没多久，我的语文水平倒是长进了不少，都是成天看这些古文书闹的。这本书前两天才被我从杂物房翻出来，看了不到一半。上班以来，像这样痛快窝在家的时间实在不多，上午把该洗的衣物洗了，该收拾的家什也统统收拾一通，午饭后便赖在吊床上翻着闲书不起来。

对面的老太婆好像有好长一段时间都没出来了，不会是死了吧？我感觉自己这是相当没有礼貌的想法，可谁叫她是老人家呢。不过，对面二楼的那间房里，倒是传来了断断续续的吉他声。犹如蹒跚学步的弹拨弦声听上去怪诚恳的，是《爱的罗曼史》啊。我不由得笑了，是那首我在初中吉他社学过的曲子。在这种远隔重洋的地方听到，有种乖戾的亲切感。要是弹得再好一点，说不定我就感动了。

我打了个哈欠，将注意力集中到书本上，却不知不觉地哼起这首曲子的调子来。院子外有人骑着摩托车突突经过的声音，本以为摩托车声会越走越远，没想到却停了下来。

镂空栅栏的铁门外，出现的是戴着头盔的哲先生的面孔。

吓了我一跳。

我赶紧将搭在吊床上的双腿踩下地来，套上凉鞋。粉黄色栅栏外的哲先生正不紧不慢地敲门。

“你好。”打开门，我用发音不太标准的越语说。

“你好。”哲先生是在对我说话，眼神却明显越过我，投向屋子里。屋内有些幽暗，我敢说站在烈日下的他什么也看不清。

“扶贞不在家。”我慢吞吞地改用英语说道。

哲先生好像没有听明白我说的话，连人带动作都有往里走的意思。看他这样子，我意识到还是由着他比较好。

在沙发上坐下，哲先生仍是一副若有所思的样子。

“找阿姐什么事？”我递上从冰箱拿出来的罐装红茶，又自己拉开一听喝了起来。

哲先生迟疑着接过红茶，那样子似乎在凝神感受房间内阿姐的气息。跟上次见面相比，他的脸颊轮廓深了些，眼神也有些淡。

我暗自好笑，这个大男人，为阿姐失魂落魄成这个样子，真是够可以的。

“不在家吗？”

“是啊。”

“什么时候回来呢？”

“应该和平常一样吧。怎么了？”

“电话一直打不通。”

“噢，是吗。”我见他闷闷地看着我，又加了一句，“可能她在忙吧。”

就此无话。

对面楼上的吉他声仍没有停。时断时续的不成调的吉他声统领着房内的沉默气息，我尽可能坦然地聆听着，任这声音从我耳朵穿行。

哲先生终于打开了那罐红茶，一小口一小口地啜饮着。看起来真可怜。

没话说的感觉真奇怪，好在我是外国人，本身就说不来。我默默地喝着手里的红茶，抬头一瞥，恰好与他四目相对，一瞬间我的血都要凝固了。扶贞姐不是很能搞定男人的吗，她会不露痕迹地搞定这个难缠的家伙的吧。哲先生看着我，很可能是在确认我是不是在撒谎，我咽了咽唾沫，随即朝他微微一笑。

连自己都觉得勉强。先前还饶有兴味地盯着两人关系探究个没完的我，此刻恨不得让扶贞姐把这个鼻涕虫甩得远远的。我觉得自己的想法有些过分，不禁低下了头。

对面的门突然咯吱地打开了，老头子搬出了椅子，拽着椅背慢悠悠地往一旁搬，直到搬到我看不见的一侧的地方。太好了，老太婆没死。不知为什么，我想起那天晚上哲先生讲的笑话："从前，越南农村有家有个老太太，老太太有个儿子。这个儿子呢，是个很胖很胖的年轻小伙子。他到底有多胖呢……"

六

黄绢色拈花的，双色晕染淡淡刺绣的，灰绢带点粉，还有斑斓紫色、暗粉、豆绿、柠檬黄的。纯白和彩霞色的更不会少。

挑得眼花缭乱的，最后选了一匹纯白，一匹柠檬玉绿色的。

我的个儿好像长了一点点，但这也许是错觉。在这个地方，女孩普遍都不高。因此我走到哪儿，几乎都会比周围的女孩个儿高上那么一点。舅娘带我去的那家裁缝作坊，就在阿舅家不远的巷子里。给我量三围的女裁缝眉眼细细的，看上去跟舅娘长得很像。

量完三围，她又拿着软尺给我量下胸围、脖围和上臂围。哎呀，精细得跟做洋娃娃似的，一寸肉都不能少。即便是在国内做衣服什么的，好像也没这么多名堂。我一声不吭地任裁缝翻来覆去地度量身子。

舅娘一面和女裁缝唠嗑，一面打量着我的身子什么的。舅娘翻了翻眼皮，冲着我小声说："人家说你个儿高呢。”

“哎。”总这样，我个头顶多一米六五，在这个地方却什么时候都比别的姑娘高出一截。

两个中年妇女打量起我来犹有爱怜似的，搞得我很不好意思。

月底领了工钱后，揣在口袋一直不知道怎么花。除了打算请扶贞吃一顿好吃的，剩下的就不知该派什么用场了。舅娘提议我定两套这里的旗袍，说我穿上会很好看。也没等我回答，就自行替我预约了这里最好的裁缝。

我茫然地看着裁缝铺水族箱里爬上爬下的两只龟，里面干瘪瘪的没有水，等下单的当儿，一只较小的龟已经翻了个儿。

“小碗也喜欢奥黛啊。”回到家没多久，我被扶贞喊去了房间。她打开衣橱上下翻动，我站她身后，茫然地看着她纤细、扭动的腰肢。

扶贞一边同我讲话，一边将褐木衣柜里搭着的奥黛一件一件拿出来在身上比画，我嗯嗯啊啊地回答着，挠着自己牛仔裤兜上的破洞，最后一屁股在梳妆台旁的方凳上坐了下来。

“哲先生来找过你。”

“噢。”

阿姐好像不在意的样子。

“是昨天。”

“晓得了。”

往下我就不知该说些什么。阿姐淡淡地回应着，好像老早把这人撇到一边去了似的。我扭头看见梳妆台上的那本相簿，顺手翻了起来。

因为夹着明信片的缘故，我一下子就翻到了祖和阿姐的那一页。

照片是用拍立得拍的，照片里的祖和阿姐，一个蹲立在岩石上，一个则卧在旁边的沙滩上，笑容灿烂，年轻得简直要榨得出汁来。那时候的祖和现在的祖好像没什么两样，同样年轻同样俊美。可是阿姐，那时候的容颜真的好青涩好灿烂。那个时代的阿姐跟祖，才是天造地设的一对璧人吧？我要找的理应是这样的东西，可一旦真的看到了，又觉得很内疚。

我合拢相簿放回原处，若无其事地搓着手，又拉了拉牛仔裤兜上的猫须。

试衣服的时候怎么也拢不上后腰拉链。

毕竟是后腰太肉了，面对阿姐拿来的过去穿过的奥黛，我竟然一件也套不上。怪不得，那女裁缝要上上下下地把我量一遍，奥黛这种衣服，不恰如其分不行吧。

“小碗喜欢的话，就收着吧。”根本穿不下，扶贞姐还是这样一味地说着。

粉红、象牙白和青山绿的衣衫，还带着过去少女时的阿姐的气息。若是穿上身的话，恐怕会了知那时她的所思所想吧。

阿姐怀孕了。

那天早上她在盥洗室呕吐时，轻轻松松这样对我说的。我扶着她的腰，她的手搭在盥洗台上。

“啊。”一瞬间我在想这到底是谁的。

阿姐扶起身，慢慢地抚平胸口。她的动作很慢很慢，看着她凝固得近乎干涸的身子，我有一点点心痛的感觉。

要是呕吐的是我就好了，自己竟然冒出了这样的想法。

那天她还是一如既往地打点好妆容、穿上带荷叶边的无袖连衣裙，照常出门上班。因为担心阿姐，中午休息时间我偷偷从万历堂溜回家，结果扶贞姐像往常一样好像什么事也没有似的准备出门。

搞得我一时手足无措，拉开冰箱门喝了罐橙汁，冲着她的背影嘀咕了声“我来拿本书”，就一头栽进房间翻了本《西厢记》出来。

她大概不当回事吧，还是不想让我当回事？

那次以后她还呕吐了两次，都是早晨。一次我在吃早餐，另一次我正蹲在卫生间里解手。突如其来得很。我呆呆地坐在马桶上，看她往盥洗盆里吐东西，其实什么也没有，就是干呕。我很大声地问了句：“是哲先生的孩子吗？”

反正问她也不会回答，索性大声地问出来算了。

结果阿姐趴在盥洗台上回头冲我嫣然一笑：“你想呢？”

“我最喜欢小孩子了。”不知道是说给阿姐听还是自己听，我蔫蔫地答道。

阿姐拧开水龙头哗啦啦地将盥洗盆冲洗一番，默不作声地关上卫生间的门。坐在马桶上的我，什么孩子的父亲是谁啦之类的问题一概想不出来。

新做的奥黛腰部卡得紧紧的，胸口却有点松。舅娘嘱咐我换个厚点的文胸。“这个地方，”她说，“必须撑起来。”

不是按照一丝不苟的尺寸量的吗？大概女人那地方，都得符合奥黛标准才行。那个看起来蛮好说话的女裁缝，才不管我具体尺寸是多少，总得按照老一辈的审美方式走。真讨厌，虽然没有扶贞姐那么挺拔，但我也不是“太平公主”，非得打造成那种样子吗？

穿着上身紧巴巴、下身飘逸的奥黛站柜台，才半天工夫我就觉得别扭。因为是长袖的，上身扯得紧，像伸胳膊啦、弯腰等动作多少有点受限，脖子处的立领也高高的，搞得非得端庄坐好了不可。

阿丁帮我在店里拍了两张照，一张是我站在一米多高的黑松旁边，不伦不类地做了个剪刀的手势。另一张是阿丁趁我不注意在柜台拍的，我支棱着胳膊，黑眼珠子亮晶晶地望着门口。看到照片的时候我才觉惊讶，自己眼睛怎么那么黑，黑漆漆的跟阿舅案上那块墨盒似的。自己望向门口时，到底在想些什么？认真回想起来，好像那时想的也无非是跟客人商量几点送货，或是昨天登记账本少算了件花盆，还有暖壶的茶什么时候该重新泡了之类的事吧。

自己竟有这样的表情。

看到这样的自己，心里还蛮惬意的。我按下发送键，手机里的这张照片就随着信号飞越重洋发送到阿妈的手机上了。

看到这样的女儿，阿妈会觉得欣慰吗？

哲先生再没来过我们家了，不知怎的我竟然希望他能再来。哪怕被惊扰也在所不惜。

对面二楼的那间房里，弹奏的曲子换成了我不知道的旋律。既苍老又轻快的旋律在我耳畔飘荡，让人搞不清这首曲子的本来面目。躺在吊床上，却把腿伸到了阳光下。酷热的日光麻痹着小腿神经，轻微的麻酥感从脚尖传到脊背，人变得钝钝的。读着《西厢记》，却幻想起扶贞姐的孩子的模样来。那女人，生出来的孩子一定很漂亮吧？像祖也好，像哲先生也好，甚至可能不是他们当中任何一个人的孩子都好，都会很漂亮。

可是，阿姐像是那种会生孩子的女人吗？况且她好像连谁都没告诉。我想象着紧紧的奥黛贴合住上身，用腰部开衩出来的裙裾下，有阿姐圆滚滚的肚子，觉得那真是件不可思议的事情。

正当我胡思乱想之际，放在客厅的手机响了。我的这部手机，到底多久没响过了？模模糊糊的手机铃声让我疑心这是幻觉。

“喂。”

“喂喂。”

竟然是祖，他问我阿姐在不在，我说不在。他说了声谢谢便挂了电话。因为太过惊异，一时没想清楚这家伙为什么会有我电话。

是因为明信片没有收到回复所以打来电话，还是这家伙已经回国了呢？这个俊美少年的脸像浮尘一样浮现在我面前，仅仅见过一面，便觉得他是那样好。

思来想去，我迫不及待地打电话给扶贞说了这事，她正在上班，电话那头听起来相当嘈杂。

“噢，知道了。”她也只是淡淡地回了一句。

全然不顾及肚里孩子的心情啊，我悻悻地想。

正准备挂电话，阿姐突然追问：“明天早上有空吗？”

“啊？”

“想去山上走走呢。”

“好啊。”我答应了下来。

这么早，空气这么好，因为怀孕的关系，变得喜欢散步了吧？

我们去了巷子尽头那座小山。

“好久没走了吧？”

“好久呢。”

“多好啊，这样。”

“哎。”

我们在巷口的早点摊吃过米粉，再沿着巷子慢慢地踱进去。几个戴着肩章的小学生嬉闹着擦肩而过，一股属于儿童的奶糕般的味道扑鼻而来，留下叽叽嘎嘎的笑声。我瞅了阿姐一眼，她并不在意，恬心静气地往前走。孩子出现的世界真是怪哉，片刻就把属于我和阿姐的默契搅得失去了方向。

我拽了拽阿姐的袖子，好像确认她还在似的。

走到快要到山脚时，扶贞姐朝四周望了望，这才笃定向山上走去。

这个地方同我两个月前来的时候差不多，连沿途树木的形状都没有变。在越南南部，季节有两个，山中的景致却不为季节所动。旱季也好，雨季也好，树木总是不改初衷地绿着。

人要是也能像树那样就好了，走着走着，我走神了。紧跟着阿姐的步伐，心思却落在四周。

才不到八点，蝉鸣得厉害，阳光也穿透层层叶翳以丝线般的形态落下来。在店里和园子里见惯了个头小小形态奇崛的树，来到山上，见到这么多自由奔放的树木，竟然不适应起来。

“好像有很多墓啊。”

“是啊。”

什么事情到了阿姐嘴里，都变得平常起来。我心里想着，却又觉得这样的阿姐，才是强烈地吸引着我的原因吧。

“哪里都是这样吗？”

“哪里都是这样。”

我们沉默了一会儿。石头砌成的阶梯偶尔出现时，阿姐的高跟鞋便在石阶上乍然作响。

“小时候，常来这里玩。”

“啊？”

“不知道吧，我可是打小住这儿的。”

“从小住这里吗……”我眼前浮现出小小的、孩童样儿的阿姐在这里玩耍的样子。像她那样的女童，在这种地方的话，一定会遇到林间的妖精之类的吧。我是说，如果有妖怪的话，会青睐阿姐这样的女孩子吧。

“我们一家五口从前就挤在那栋房子，后来哥和我都长大了，阿爸在堤岸区买了新的院子打算搬出去，可我舍不得，就一个人在那房子自己住了下来。”

怪不得，住在那里总感到那房子深得像口井。我以观察植物般的眼神看着阿姐的背影，她走路的样子很轻盈，又自若。

不知不觉，我们走到了那个小庙。

庙门虚掩着，从宽宽的门缝瞥得见里面一片绿。扶贞姐平心静气地推开门往里走，我稍一迟疑，也跟着跨了进去。

沿着墙边种着番石榴树，走过番石榴树，便到了庭院。齐整有致的景观植物修剪得很是精致，杜鹃啦、紫薇啦、木槿啦，中央还有两棵大大的合欢树，一点也不像后门看上去那样荒凉。

扶贞姐熟门熟路地往庭院深处走，砖红色的大殿掩藏在那深处，愈近就愈觉得那地方纯然。

阿姐是什么时候来过这里的呢？她说的好久以前来过，是多久？

殿里没有人。静静谧谧的，弥漫着檀香的气息。不过早上八点，大约做完早课的师父们都回房休息了吧，我心想。

香烛缭绕前，镏金的佛和菩萨冲着我和阿姐微笑。我偷偷地望向阿姐，只见她跪在蒲团垫上，低下头虔诚地祈祷着。阿姐拜佛的时候我愣了许久，便也乖乖地跟着照做起来。不管怎么说，拜菩萨总是好的。

阿姐摇了签，竹签从桶里掉出来的时候，是数字五。我也学着双手握着签筒摇了摇，不知为什么，摇的时候心里乱乱地想着不相干的事。

净是这样，越集中注意力就越不着边际。

离开大殿时，阿姐往功德箱里塞了香油钱，她的白皙的手捏着钱往里放，真是特别白，特别生动。

天气渐渐热了，才从大殿出来，便开始冒汗。同阿姐坐在凉亭的石凳上歇脚，她看她的签诗，我看我的签诗。签诗写在一张黄色的字条上，因为是越南文写的，我琢磨不来，便顺手揣进兜里，心想回去再翻字典。

凉亭的影子陷入前面水塘中，阴影的地方游动着鲤鱼。和阿姐在这个地方瞻仰菩萨，总觉得其中有梦境的成分似的。我、阿姐、菩萨、鲤鱼，其中之一的实感略逊于其他三者，既非不存在，又非完全真实。

清风徐来，我恍惚起来。

有位女尼远远地从前方的走廊路过。淡灰色的僧衣，宽逸地走在廊檐阴影里。双重灰色构成了她的身子，觉得她同我之前见过的任何一位出家人没有什么两样。

我想起那日上山见过的女尼，可能是她，也可能不是。她轻捷的身子不消多久便消失在走廊深处。

原来是有人的啊。

我清敏地扩张着身上每个毛孔，感受着这一切。

阿姐，阿姐也是吧？我微微转头看了看她，她仍旧拿着那张诗签，淡黄的签纸攥在手里，而她已经不再往那张纸上看了。

“说的什么？”

扶贞姐没有回答。

“啊，签纸上写着的，是真的吗？”

阿姐对我的问话没有表现出什么兴趣，只是朝日光深处眯着眼。我沿着她目光逗留的地方看过去，却什么也没有。

“十四岁那天，阿妈带我在这里抽过签。签上说我要留在这里，才会好。”

“是这样吗？”

“不晓得。”

我想象着少女时的扶贞姐独自住在细长房子里的

情形，不知为什么，浮现在我脑海中的情景格外深刻，挥之不去。她在高高的梳妆台前慢慢地梳着长辫子，舀水、煮饭和洗衣裳。连院子里的那棵黄檀树和天竺葵，在我脑海中也改变了它们的色泽。

“不过，多少有点害怕吧？”

听了我的问话，阿姐好像笑眯眯的，日光弥散中她的眼角纹细细的，像抖着翅膀的小蜜蜂。

太安静了，静得想流泪。庭院里的花香很浓郁，是那种不顾一切地盛放的驳杂的香气。这里的花太多了，气味不甜美不行。我细细地嗅着，犹如一只没心没肺的鼬鼠。自从在万历堂和植物打交道以来，鼻子就敏感得不行。月橘是清恬的，榕树则有着清醒的涩味，满天星和相思树都有点甘冽，但那种味道非常非常淡，只有在月色饱满的夜晚才能闻到。

所以这里的空气这么清甜，会不会是拜菩萨所赐？一时间，我很想拉紧阿姐的手，又觉得那样太矫情。

我一个人在店里算着账。回来几天，我很快忘了求签的事。签纸被我从兜里翻出来，顺手夹在一本植物图鉴里，同那干涩涩的榆树叶子标本一起，时间久了大概会散发出植物和书的清香吧。

在阿丁回来之前，我已经把上个月进货的檀香和陶瓷的账算完，揉着眼睛去倒了杯茶水。电扇靠得太近，吹得浑身倦懒。不过这风扇若是搬远了，又完全不解热。喝着凉津津的柚子茶，觉得倦意消了大半。

阿舅这几天去了河内，店里的事都由我和阿丁揽着。不知为何，阿舅几天不在，店里的植物看上去有点蔫蔫的，起初我怀疑是浇水不够，按平常的经验多浇了一点，也没什么改观。

一定是我面对植物，信心不足吧。也不晓得阿舅平时究竟是怎么同植物交流的，他一定会向他照料的植物说一些平常不肯对人讲的话吧。我心想。要是那样的话，我的想法是不是也可以同榆树啊、月橘、罗汉松什么的讲呢？扶贞姐那件事，同相思树讲应该不过分吧？

我咂了咂口里酸酸甜甜的柚子茶，俯身对着那棵种在厚墩墩盆子里的相思树寻思起来。样子跟河童差不多的相思树，估计年龄比我还大。我噗地朝着树冠吹口气，叶子瑟瑟抖了一番，又静止如故。“哎……那个……”捏着玻璃杯的手沁凉沁凉的，到底还是没说出来。

“哈喽！”

一个细声细气的声音吓了我一跳，扭头一看是个小孩。

“买什么？”我用越南话同他讲。

他用指尖捅了捅我的大腿，用大大的眼睛望着我。

低头仔细一看，这小家伙另一只手还拿着肉丸串子，腮帮子咀嚼个不停。

“哈喽。”我也学着他的声音细声细气地和他讲。

小家伙咯咯地笑了。

看样子，是哪个顾客的小孩吧。

小男孩拿着肉丸子到处乱串，对木头啦、关公啦、陶盆和亮晶晶的锡壶什么都趣味盎然。真怕他不小心搞坏了店里的东西。

“你妈妈呢？”我用学来的简单词汇问他。

“妈妈。”

“对，妈妈在哪儿？”

“阿妈。”

我很怀疑自己学的越语实在太差，这家伙几乎没有正经理会过我的问话。他看起来比阿舅对那些老古董、老木头的兴趣还大，溜溜地转个不停。

“你叫什么名字？”

“睿。”

不知道是“睿”还是“勇”，吃完肉串之后，他就一屁股坐在地上，玩起来包装用的泡沫纸来。家长不在，我也拿这个小孩没辙，只好边瞅着他在地上撒欢边照料店铺。

睿长得有点像大鼻子三毛，光光的脑门留了一撮头发，褂子和短裤上都沾了不少灰。像这样子，说不定是中国人的孩子。想着想着，睿突然哭了起来，我走过去，他就立刻抱住我的裤腿，鼻子蹭了过来。

“你怎么了？”我蹲下身去，用越语和中文把这话各说了一遍。谁知这孩子竟然顶着哈喇子破涕为笑了，真是不可思议。

我从抽屉里翻出一小袋早餐吃剩的苏打饼和两颗蜜饯，扯开包装递给这个涕泪交加的家伙，他毫不客气地吧嗒吧嗒吃了起来。

“吃得好香哟。”阿丁一回来就说。

“这孩子，你认识？”

“嗯。”阿丁看上去非常有耐心的样子，仔细替睿擦起脸来。

“没想到。”

“什么？”

英文也好，越语也好，我都说得词不达意，索性没继续解释下去。

“隔壁英泰家的孩子。”

搞不清英泰是谁，大概也是隔壁哪一铺人家吧。阿丁说着将他抱起来，往门外头走去。

那孩子送回去以后，我用笤帚扫地，连带他摸过的瓷盆缸子也擦了擦。我有点痴，把那孩子的脸和扶贞姐肚里的娃娃重合起来想了几次。

阿舅回来这两天，活儿多了起来，光是整理分类陶器就累得不行，他还进了一些檀香、木器和念珠。

“这个，送你。”阿舅手里拿着一串念珠，对我说。

“啊。”我接了过来，看他的脸上似乎没什么表情。为什么即便是送个东西，也是一副严肃的样子呢？

我冲着阿舅的背影说了声谢谢。

干活儿的时候阿舅光穿个白色褂衫，即使有客人来也没打算换，俨然长工似的。我倒好，穿着极不利索的奥黛，起身挪个花架也觉得别扭。

“不用换，那样挺好的。”阿舅这么说，我也没好意思再换。总的说来，阿舅在店里时比对着那堆花花草草时严肃得多，也严厉得多。

那一天，我们盘点整理货物一直忙碌到十一点多。下班时，阿舅吩咐阿丁送我回去。虽然汗水濡湿了大半件褂衫，但从阿舅的脸上完全看不出疲倦。阿妈若是看到她的阿哥是这个样子的人，心里会怎么想呢?

回去的路上，摩托车顶着风开，坐在阿丁背后的我一边想一边都快睡着了。

这段时间阿姐好像已经不呕吐了，睡觉和上班还是老样子。有时候她跑到盥洗室，我便竖起耳朵倾听里头的动静。好几回，她洗完脸刷完牙又若无其事地出来了。大概真是好了吧。

这天休息，我在家做了炖马铃薯、熘丸子、糖醋排骨和酸辣虾仁炒饭。不知是否习惯了我在家做饭的缘故，阿姐在家吃饭的时候多了起来。意识到给阿姐做饭也能够让她开心，我就不由得多做了一些。

“怀孕，有多久了呢?”

趁着扶贞姐吧嗒吧嗒吃着熘丸子的机会，我顺嘴就问了出来。

“两个半月。”

“啊。”我下意识地看了看她的腹部，套头背心下的小肚子，扁扁平平的。

扶贞姐对这个话题好像不怎么感兴趣，继续闷头吃着马铃薯。马铃薯被我炖得烂烂的，应该很合她的胃口吧。

“不呕吐了吧？”

阿姐点点头，随意盘着的鬈发在脑后形成一个自由自在的花苞。

“那就好。”我自顾自地说着，看她好像没有打算继续跟我说下去的样子，就用筷子戳着丸子，也闷头吃了起来。

“孩子的父亲是谁呢？”觉得这个问话有点傻，收拾碗筷的时候还是不由自主地问了出口。

“不知道。”

都问过两次了。究竟是阿姐自己不晓得呢，还是不方便说？我讷讷地突然脸红起来。

夜里，扶贞突然冲到卫生间，把吃的东西全吐了。我拍着她的背，像心疼什么似的。多半是孕妇不适合吃罗勒叶吧，我想起自己在虾仁炒饭里放了不少罗勒。阿姐吐得非常厉害，感觉五脏六腑全被掏出来似的。那么瘦小的身子怎么可以吐出那么多东西，连我自己都忍不住了。

“对不起，都是我不好……”我一面说着，一面伤心地抚着她的背。

喝过我倒的热水，阿姐轻轻靠坐在沙发上，脸色蜡白。我关掉白炽灯，打开客厅一角的壁灯，幽黄的光线带来不少温暖。阿姐顺手从桌上拿起了一包七星，抽出一根点着了。

“孕妇抽烟不太好吧。”我在心里默默叹喟，说出口却变成了，“早点休息啊，阿姐。”

扶贞像是没有听到似的，蜷着腿靠着沙发，显得那么凄美绝伦，让人为之震颤。

“怀孕的事，祖知道吗？”

扶贞摇摇头，她好像什么也不打算多说。因为呕吐失去过多水分的她的身子，缓缓地复原着。在这凄楚的夜晚发生的这一切，好似一场甜美的梦境。

“要是祖在就好了。”我却任谁都不敢说，包括我亲爱的阿舅，舅娘，还有阿妈。

睿来过店里好几次，这家伙认得来的路，却不晓得回家的路。每次都是玩腻了由阿丁领回去的。一贯严肃的阿舅明明看在眼里，却什么都不说，任这个捣蛋鬼在这个地方玩。

自阿舅进了些檀香、念珠以来，店里生意多多少少有了些改观。本来这种古董铺子生意一天下来也没几个客人，但像念珠啦、檀香啦，买这种小物件的顾客一多，让人觉得门面登时热闹起来。我也学会了折包檀香用的纸袋，一边折还一边哼着轻快的小调。

女尼来的时候是下午两点，我正在折香袋，被她凑得很近的鼻息吓了一跳。

女尼认真地盯着我手里折的香袋，像欣赏什么宝物似的。不愧是出家人啊，连走路都那么安静。我笑着将台上的檀香拿出来，摆放在她面前。

还是那样圆圆的眼睛，看不出年龄的面容。

她拿起檀香，饶有兴味地嗅着，然后放回原处，兜着挎包四处浏览。才来了两次，我却很习惯她在万历堂欣赏古董的样子。因为最近进货和整理货品的缘故，那棵罗汉松被挪到了角落里，她好像没有发觉——或者已经忘了也说不定。

兜转一番，她又回到我柜台前："那个，有吗？"

我立刻明白了她的意思，将她领到那棵松面前。因为摆放角度的问题，罗汉松的造型看起来没有先前那么好看，叶子上也因为搬动沾染了淡淡的灰。她半躬着身子，凑近了细细察看。

看着她认真的样子，一刹那我感到了某种信任，心里明明白白地觉得，风和日丽的那天上午，如果能够同扶贞姐在跪拜着的菩萨面前碰到她，那该有多好啊。在这里工作以来，我碰到了数不清的真心欣赏植物的人，他们对于植物的态度都很郑重，很珍惜。可是像她那样专注地去了解植物内心的人，也一定会同样专注地去了解人类的心情吧。一瞬间，我心头有股热乎乎的冲动。

趁她在观看罗汉松的时间，我从那本植物图鉴里翻出那张签诗来。

“这是什么意思？”我把签诗递给她，怀着某种隐隐的憧憬。

女尼接过泛着榆树叶子香气的黄色签纸，捧在手心细细地看着。

一会儿，她很小心地用英文解释着：“菩萨说你之前没有照顾好你的妈妈，你要好好地照顾妈妈。父母在家的话，不要出远门。”

我盯着她的唇，确认那从古老的越语诗句翻译成英文的句子里，没有错漏过任何一句解释。

离家之前剪短的头发长长了很多，齐耳的头发长到脖颈处，沁得热热的。我不太习惯在这边的理发店剪发，因为怕沟通不好。稍稍打薄一点啦，发根尽量向内拱啦，要侧分不要中分，刘海儿也要弄得微微翘一点啦。总之，这方面的要求不好用英文跟理发师说。

对着盥洗室的镜子，我把额头前的头发用梳子梳下来，掀起一小撮用左手的食指和中指夹着，拿起剪子平平地剪过去，再掀起一撮，再剪。我不会剪发，按照之前理发师剪发那样，轻轻地削短刘海儿应该还好。

几个回合下来，额前头发短得像参差的门帘。我叹了口气，看着镜子里的自己。淡而黑黝的脸，圆乎乎的，耳朵两旁往里弓的头发看上去傻乎乎的。这样普通的、圆鼻子圆脸的女孩，说是个越南姑娘都不会有人反对。

我还没有打心眼里有过离乡之愁，所以那天那个女尼跟我说起菩萨的意旨时，我只是茫然地觉得那样的感情终究会成为我生命体验里深切的一部分，我将她的话深深地藏掖在心里，反复思量。

“父母在，不远游。”那句诗，大约是从中文的诗歌编译成越语，又被解签人翻译成英文，最后化成这句话传达给我的啊。可是，我应该怎么去做呢？镜子里的自己，好像流泪了。我觉得很傻，因为刘海儿剪得太短，这样参差地露出本来就很宽的额头的我，看上去不适合流泪。

扶贞姐好像晓得了签诗的内容吧，因为她看上去一点都没有不自在。办理产检也好，购买孕妇奶粉、怀孕手册还有孕妇裙也好，都那么有条不紊。而且，她开始记得吃早餐了，什么燕麦粥、鸡蛋羹、菠菜面和火腿鸡蛋三明治，她都喜欢吃。有时还下厨做给我吃。

“真是托了宝宝的福啊。”早上醒来后，吃着阿姐做的酸汤芽菜米粉，有种焕然一新的感觉。

阿姐看上去心情很好，我往汤碗里加辣椒酱时，她多给我舀了一大勺酸汤。

“哟，怎么穿了件孕妇睡裙呀？”

扶贞姐对我的打趣不以为意，笑呵呵地去了厨房。她头上别着的发卷松了，一缕头发从耳边泻下来。干脆别剪发了，留阿姐那样的头发就好了。

“你求的签什么内容啊？”

“保密。”

"真羡慕阿姐，就快要当妈妈了。"

"还早呢，还有七个月。"

"能一直吃到阿姐做的米粉就好了。"

"想得美。"

和开心的阿姐说话，我也觉得很开心。去上班时，电车缓慢地驶向街道口的红色牌匾，我的心慢慢地开出花来。

七

收到扶贞姐寄来的信时，我正隔着厚厚的落地窗，看着窗外的鹅毛大雪，手里捧着的咖啡暖烘烘的，都舍不得喝。回国以后，好几次想给扶贞姐写信，都因为不知该说些什么而不了了之。倒是阿舅，我以像模像样的钢笔楷书写过好几封格式规整的信，什么"舅父大人敬启，母亲与我甚好，勿念"之类的话。我还是同原来那样不擅长说话，只好一个劲儿地寄照片，或寄一些由阿妈特制的霉干菜、萝卜糕什么的土特产。

真正成为公司职员以后，才晓得原来每天朝九晚五是那么的忙碌。每天一骨碌从床上爬起来，刷牙洗脸化好淡妆冲进电梯，在裹着一股人味的公交车上戴着耳塞听早间广播，下车时在公司楼下便利店买了纸杯咖啡和三明治回到办公室。接着是例会、计划书和打不完的客户电话。

早晨起来后，淡淡的属于窗外黄檀树的馨香早已消散不见。回国后很长一段时间，我都在适应醒来后掀开被窝，感受到湿冷阴霾的北国初冬。那个让人光着脚刷牙洗脸的明媚小院子，还是一年到头酷热如夏吧。

阿妈说我变得黑乎乎的，连中文都不好好说反而更木讷了。因为那段时间总跟阿舅同树啊、泥巴啊什么的打交道，手变得糙糙的，一点都不像这年头应有的时髦女生。头发倒是长长了，一板一眼地扎在脑后，一回头就被母亲大人拉着去烫了个淡红色的栗子头。

所以，究竟什么样的改变才是值得被肯定的？

我每天都描眼线。原先在扶贞姐家时就偷偷学会了的，真正开始那样做还是回家以后。把眼睛描成双眼皮后，公司的人都说我看上去活泼又神气，我也隐隐有把自己塑造成那种个性的女孩的意思。

在公司里，同事们大声地唤着我的全名“黎永楠”时，我一点也没有羞赧，大大方方地跟他们开着这样那样的玩笑。这样的举止，是我过去想都没想过的。我和同期进来的一个个头儿很高的女孩成了朋友，她拉我一同去夜校学习，犹豫再三我终于决定报名文秘专业。当然，我报名念书的事情，并没有告诉阿妈。什么时候想念书，什么时候不想念书，好像都找不到足够的理由跟母亲解释。

饭也不做了，我总是忙到很晚。因为资历浅，工作上的事总要挤出时间来加班才跟得上趟，这样一来时间就不多了，而且剩余的时间还得去夜校上课。公司食堂的套餐和楼下茶餐厅的快餐其实也不难吃，吃完每日例牌的特惠套餐还有奶茶或者例汤赠送。卡包装着一沓楼下派送的快餐优惠券，我总是按照边缘剪切线撕下来小心翼翼地拿去兑换。

勉强算是都市女郎了。

每当给办公桌上的绿萝换水的时候，就感觉自己辜负了那些植物。具体是哪些植物，怎么辜负的不晓得，总觉得每天匆匆忙忙上班下班，掠过我眼前的行人，道上的大叶榕啦、杧果树和紫荆树什么的，成了摆设一样的存在，原先对于植物变化的敏锐感觉好像愈来愈淡漠了。春天过去是夏天，夏天来了会开花，秋天之后满树都是果实，对于这一切，我好像都不在乎了。

是我的错吧。只有桌上绿萝绽出新芽时，我才有一点点欣喜。在同事面前，我也没有勇气提起自己当园艺工人的经历，只有描着眉涂着唇对着连着网线的电脑飞快打字整理表格的时候，才觉得自己和别人是一样的。

喝了一口咖啡。醇和的，意式咖啡。我们这里没人喝越南咖啡，茶水间摆放的要么是速溶咖啡，要么是袋装的意大利咖啡豆。

那有什么关系，我想。只要是暖暖的，入口醇厚的味道就好了。

那孩子叫阿弟。好像不是阿姐的儿子而是她弟弟似的。这样比较好，风华正茂的扶贞姐拉着阿弟的手，什么时候看上去都像一对小情侣。

我把马克杯放在桌上，将夹在信里的照片抽出来，逐一对着灯光翻看。有花的，有阿弟的，有扶贞和阿弟的，也有阿舅舅娘在海滩上憨憨笑着的样子。

什么时候阿舅笑得这样憨了啊。

“这是谁？”同事指着一张老太婆坐在浅蓝色小洋楼前晒太阳的照片问道。日光明丽，过度曝光的照片上，只见得到蓝色的光和暗蓝的影子。

“啊，这是我外婆。”

“啧啧，真年轻啊。”

“那是。”

哪吒，恋人

得知哪吒死讯的时候，我正在对着盥洗室的镜子剃须，电话铃响了，一下剐破了下巴的肌肤。忘记电话那头对方是怎么跟我讲的，只记得收线时我回到镜子前洗掉半边剃须泡沫，露出来的皮肤上，血丝看上去像是划过唇线的口红。

当然我没有口红。

赶到公安局时，看见哪吒的母亲坐在里头的等候席上哭得幽幽咽咽，那样子像是抽搐后间歇的喘息。我同庄岛讷讷地坐在长椅的另一边，我们互相看了一眼对方，低头无话。我皱着眉，脑袋一片空白，什么都思考不成，只管盯视着面前人来人往的警方办事人员。

不知过了多久，一个头发花白神情肃穆的警察把我们领到遗体安置所。穿过冷冰冰的甬道，来到像是海底沉船的太平间里。蒙着白布的哪吒平躺在台上，揭开布时露出他的面容，那样子看上去极为安然，像是熟睡过久以至不打算再醒来。

死后的面容似乎比生前看来更加纯真，不知道为什么，我想到这个，胸中涌起一股奇异的宽慰。身旁的庄岛一直在流泪，我没有掉泪，与其说没有掉泪，莫不如说泪腺像是被异物堵塞般死死枯滞。

接着我们扶着哪吒母亲去了隔壁房间，在尸体认领表上签字。关于哪吒母亲签字后的那一段记忆几乎只剩下空白，只记得我从警察手里接过用塑料袋装着的哪吒的遗物：一盒没开封的万宝路，打火机，香口胶，一张公交卡和两张信用卡，还有皱巴巴的一百二十块钱。

连封像样的遗书也没有。

临走前，花白头发的警察送我们到门口，他说，这孩子，给他戴条群青色的领带会比较好。

何以是群青色而不是酒红色或者铅灰色、宝蓝色呢？

对于这个问题我一直想不通，莫非人死了，还有幸运色这一说法？抑或是那位警官个人的喜好不成？

翌日火葬时，哪吒母亲的的确确给他戴上了条青色领带，与其说是群青，莫不如说是豆青色来得恰当些。但我想大概每个人对于颜色的理解都有微妙的差别罢了，说不定天国那头的哪吒认定这就是他想要的颜色也有可能。

告别仪式上我紧紧地盯着哪吒那条领带看个不停。至于他本人的模样，我大约是忽略了的——比起那日在遗体安置所看到的面容，似乎更为陌生和不切实际一些。可能那时候我已经没有能力再察视和记住他的样子了，一心一意地看着他的青色领带更能让人内心恬静。

是的，恬静。

所谓的告别仪式，只有我、庄岛和哪吒的母亲三人。三人荒凉凉地站在他的遗体前，除了哪吒母亲时不时地抽噎，基本上无声无息。我和庄岛用了很长时间，等待她的抽泣的停止。待哪吒母亲停止抽泣后，哪吒随着他那条群青色领带被殡仪馆工作人员送入了焚烧炉。

在哪吒化为一缕青烟之前，我同庄岛踏出了殡仪馆。下巴上的伤痕还在，汗水滴过去滋滋隐痛。虽说是五月，天气已经热得过分，身着黑西装黑领带黑皮鞋，烈日下整个人密实得像保守党领袖手里的罐头。我褪下西装外套搭在肩上，松了松领带，庄岛也同我做了同样一番动作。

什么地方也去不成，又不甘心这样回去——设计稿的交稿日已经推到下周，眼下可干的事情一样也没有。踏出殡仪馆后我们一筹莫展。我们俩用了很长时间思考要到哪里去，结果踏上出租车的那一瞬间庄岛做了决定。

“海滩。”他说。说完他看了看我，我松了松白衬衫的第三粒纽扣，什么表示也没有。

之后出租车义无反顾地开往五十里外的海滩。

出租车司机把我们在离海滩一里多的美食街放下。哪个海滩附近都有游人聚集的美食街，街上有千篇一律的海鲜餐厅、特色的海产品店、酒吧、潜水用品店以及三三两两不成气候的度假酒店。司机说想在这里揽客回去，大概他认为两个半大不大的小伙子来海滩，其意义也在于这条街罢了。

“也罢。”庄岛说着付了钱。

下车后，我们俩沿着美食街一路朝前走去。正值烈日当空的正午，街上几乎没什么人，衣冠楚楚汗流浃背地走在马路中央，大约会被人认成落魄的地产经纪人吧。大概有一年多没来这里了，好多店铺都关了门，街道两旁也新砌了花坛，种植了富有海洋气息的一类植物。相对市中心，这里算是异乡了，太多的外国游客来此度假，走过去偶尔能见到几栋介于咖啡馆和旅馆之间的富有波普画风的建筑物。

穿过几近半休眠的街道，我在灯塔附近的沙滩上坐下。庄岛在街道尽头的自动贩卖机上买了半打啤酒，远远地扔给我三罐。易拉罐在日光下发出炫目的弧线，飞过来犹如天外来客。

正午的海滩鲜少人来，只有三五个少年在浪里载浮载沉。更远处，隐约见得到几艘渔船在波光粼粼处摇曳。除此之外一无所有。

我们俩在沙滩上坐了一个多小时，半看不看地瞅着眼下这光景。黑皮鞋早已进了不少沙子，白袜子更是不成体统，撸起袖管的白衬衫基本上也灰土土，让我想起我们几个中学时期穿着黑裤白衣的校服旷课到海滩嬉耍的情景。

连衬衫的颜色裤子的颜色都没变。

这究竟是好是坏？一下子无从想起。好像任何有轮廓的事情都无从考虑，唯有光线勾勒出的一切在眼前晃动，既真实，又真切。我和庄岛各自坐在时间的两端喝着各自的啤酒，感觉上是在一个空间的，然而有什么把我们从中一劈两半，使我们无法感知对方的存在。

日光晃得炫目，我想起哪吒出事的地点就在距离这里几公里的同样地方，庄岛想必也晓得，不过我们谁都没提。

直到浪里那几个载浮载沉的少年上岸来，才赫然发现他们根本不是什么少年。两个光着上身的长头发白人以及一个胸口文着仙鹤的平头青年，还有一个穿焦蓝色比基尼的红发女孩，各自拎着冲浪板和啤酒瓶走来，其中的平头青年以生疏的眼神瞅了我们一眼。

我微眯着眼，凝视他们地上的影子从我们身旁掠过——这群青年，什么时候大海成为这类人的场所了？接触到平头青年的眼神后，总觉得这过往熟悉的地方早在什么时候就起了变化，也许他们原本就存在，只是我们不坐下来就不得见罢了。

他们走后，留在沙滩上的脚印经久不散，我盯着那脚印看了又看，感觉上像是自己人的脚印似的。

临近傍晚，庄岛蓦地起身褪掉上衣和长裤，跳入海里。那姿势让人想起哪吒。我想了想，也褪得只剩内裤，然后跳入大海。

海浪扑簌簌的，俨如亲人。

送哪吒母亲到机场是第三天上午。庄岛忙于工作，来的只有我一人。

哪吒父母在哪吒年纪尚幼时就离婚了（也许是根本没有结婚过），母亲带着三岁的他嫁给了本地连锁超市的老板。当连锁超市的生意在当地扩张到一定程度时，继父决定带着全家移民美国。刚考上一所二流私立大学的哪吒则决定留下来。说到底，他不再打算接受继父这十多年来所馈赠的看上去活色生香的幸福生活。

“宁可要些顺其自然的那什么。”

我们谁也说不清哪吒所谓的“顺其自然”的东西是什么，不过谁都心中有数。母亲和继父移民美国后，哪吒自行退了学，找了份摩托车行的工作，靠着高中自学的那点摩托车技术做起了摩托车行的学徒。继父寄给他的学费和生活费则原封不动地存在银行里，按他的话来说就是“有所不为里的一部分”。

对于亲生父亲，哪吒则讳莫如深，仿佛那人从来不存在似的。及至死，那人都没出现。

也许确实是真的不存在罢了。

哪吒母亲颠颠地从太平洋彼岸的美利坚合众国飞过来，坐在公安局黑漆漆的长椅上低低呜咽至我来，之后木木地抱着哪吒的骨灰盒回去。我问她为什么不把哪吒这家伙葬在他出生的地方，她说会的。只是他生前不愿同她一起去美国，死后容许她和儿子待在一起——不想老了没人陪，反正她迟早要以骨灰的形式返回国内，届时她和他一起回来安葬就可以了。

我无话，只是一味地望着眼前这个形销骨立的中午女子，觉得她有点像穿着普拉达的猫，比猫还多了一股倔强。

“那么他房里的物品就拜托了。”她说。她的眼神望向面前的马克杯，我感到杯里的咖啡正在迅速冷却。

“好的。”我说。

“有什么黏黏糊糊一类的事情尽管一并处理就好了。”她一边搅动咖啡，一边说。

这个素昧平生的女人体内流淌着与哪吒一致的血，想到这里我便觉得讶然。她薄薄的眼皮垂下桌面，覆手推过来那枚黄澄澄的钥匙，说：“麻烦您了。”

我点点头。

我们在机场咖啡厅极为神经质地等待时间一分一秒地过去，候机室的广播不断地重复着各个航班的登机口号，唯独没有西雅图。

“那个……”她顿了一下，似乎在犹豫那话值不值得说出口，“哪吒的对象，是个什么样的女孩？”她鼓起勇气抬头看我，“我是想说，什么样的女孩值得他眷恋？”

这个措手不及的问话令我哽了一哽。说实在的，哪吒与正式交往的对象已经分开快两年了，关于那个女孩的印象我都已经几近磨损——说得确切点是被他后来带出来的几个样式鲜明的女孩的记忆所叠加造成的模糊。我想哪吒母亲大概是从他电脑或者那本书里发现他和那个女孩的合影所产生的好奇吧。

“嗯，”我说，“是一个从台湾过来念书的女孩，学的是人类学专业，毕业后离开了这里。”

“噢，是吗。”她稍稍抬起了头，挺括的鼻翼一动不动地对着咖啡杯，“他从没跟我提过这女孩。不过我从衣柜里翻到了他们的婚纱照，看上去挺好的一个女孩儿。”

“噢，”我极为尴尬地解释了一句，“哪吒应该是有结婚的打算来着，这小子大概打算亲口跟您说的，可惜后来没成。”

“没事。只是问问。”哪吒母亲淡淡地说。我嗅到她身上一股淡淡的白桦香水味，大概是身上所穿的黑色开衫上所存留的气味，断不至于沉溺悲伤之时径自往身上喷哪门子香水。

“女孩毕业后去了美国。”我不知脑门子犯哪门子浑，一下子竟说出了这话。

钥匙在我这里整整揣了半个月。这些天庄岛也没怎么给我来过电话，独自悄无声息地忙于工作。偶尔见他 MSN 挂在网上，亮起来的头像总显示忙碌。送走哪吒母亲以后，我开始着手处理手上那单设计事务，一起合作的助手也没找，径自忙个不停。搜集资料，设计草图，与客户沟通，空闲下来我会拉开酒柜拿出一瓶威士忌倒上一杯，独斟独饮。五月末的最后几天，天气陡然变热，一切晴朗的燠热的预兆都昭然若现。我和庄岛之间也多少有些心照不宣地不再相约吃饭、泡吧。之前约会的女孩们偶尔来个电话，我轻描淡写地搪塞过去。

最终我在第十五天来到了哪吒的公寓。事前接到了他房东的电话，无非是说交房租的日期到了银行户头多少云云。临了房东还问了一句："那孩子在美国还好吧？"我胡乱答复了两句，之后便到银行把一个月的租金转到房东账上。

一切杳无声息，包括哪吒的死。仿佛他离开这世界的消息，只有我、庄岛同他母亲晓得。

用熟悉的钥匙拧开熟悉的门，门发出暗淡的回应。房里黑乎乎的，闷着一股仿若年深日久的暑气。我摁开客厅的灯，白炽灯还原了房间的锐度和明度。沙发、组合音响、书柜、餐桌，以及餐桌上摆放着的金枪鱼罐头和喜力啤酒，一一显现。

我拿起桌上的空调遥控器打开了换气功能，接着在沙发上坐下，沙发前的烟灰缸挤满若干不熟悉牌子的烟蒂，我不认为那是哪吒留下的——哪吒母亲一动不动陷入沙发抽了好长时间烟的可能性是极大的。我用手指一划，薄薄的灰尘沾满了指肚。二十天量的尘灰。

整个房间同之前一样整洁有序，甚至更为整洁，哪处都只是薄薄地沾了一层灰，仿若轻烟笼罩了物体的表层，感觉上只有我是伫立于此轻烟层面上的物体。空调的抽风机兀自发出刺刺的风声，除此之外，一切寂然。我抱着膝一动不动在沙发上干坐大半个小时，随即起身来到厨房。

打开冰箱，两根干瘪的黄瓜，一把褪色的西芹，以及角落里几条蔫黄的芫荽，无不显示出久待主人后的疲态，唯有另一层格里的圆滚青苹果依旧硬挺。我把过期的蔬菜都拿出来清理掉，只剩下各式罐头和啤酒，此外还有尚未过期的奶酪和鸡蛋，冰箱看上去清爽了不少。没有威士忌，咖啡也煮不来，我最终拿出一罐啤酒，拉开易拉口喝了。想到这家伙留下的种种食物最后都得由我同庄岛解决，硬是觉得有种莫名的不适应。

我边喝啤酒边推开卧室的门，衣架上零散地挂着衬衫和风衣外套，床上的羊毛毡则叠得整整齐齐放在一角。书桌的摆设大体原封不动，只有原来摆放的照片失去了影踪。大概是哪吒母亲拿走了吧。我想。试图想象哪吒那日起来后从卧房后离去的情境，怎么也想象不来，模模糊糊中间阻梗着什么似的，浮现出的只是他安放在遗体柜上的脸。

沉默被客厅突然响起的电话铃声打破。我没想到会响，以为眼前的一切已随同哪吒静静地沉入大海内部。

但铃声响得彻底，响得嘹亮。

走到电话前，定定地喝着啤酒，电话像个哭闹的婴儿般在我眼前响个不停——不管是谁，不管是何等来意的电话，电话这头需要报以回应的那一方已经永远陷入沉寂。

漫长的响声过后，电话归于沉默，和房里任何一件冰冷的家具别无二致。

我叹口气，将喝完的啤酒罐扔进垃圾桶，转头开始清理物品。就一个独自生活了八年的男人来说，哪吒的私人物品算是少而又少。公寓的大件家具都属房东所有，唯有一柜衣服、一部小型音箱、若干唱片、一把吉他和几十台手工组装的机车模型为其个人私有财产，连书都没有一本，相当清爽的人生。

首先着手清理抽屉里七零八碎的杂物，即将过期的自助餐优惠券、汽油发票、超市小票、电动牙刷保修卡等统统撕碎扔进废纸篓，唯独捏着一沓机车组装图表、休学证明、电话号码本、过往信札等不知何去何从。我叹了口气，将这类已经不太可能派得上用场的资料整好一一装进纸箱。接着是收拾衣物，分类叠好放进衣物收纳袋再装进纸箱。哪吒这家伙衣服也少得可怜，几件衬衫、T恤、牛仔裤外加冬天的外套就囊括了全部的穿着，再加两件毛衣则刚好装满一只箱子。

真如人间过客，我想。

整理完衣物和零碎物件，我站在窗口抽了支烟。远处哪里断断续续传来克莱门蒂的《小奏鸣曲》的弹奏声，有个小节怎么弹也过不去，听得让人心焦。

暮色已有了几分。就着这个窗口抽烟的次数数不胜数，好几次哪吒与我在此并肩抽烟，烟灰掸入窗台的凤仙花盆直到这花就此萎谢。哪吒的新女友往花盆里种了向日葵并配置了烟灰缸以后，我们就改弦易辙地将抽烟的地方换到了天台。

也不过是一个月前的事情，久得像是沧海桑田。

在暮色沁入房间之间，我转头来到厨房做饭。反正冰箱那堆食物都必须解决的，不管什么吃法，总之必须解决。

鸡蛋、奶酪、通心粉、蚕豆罐头，外加几根火腿，蔬菜都干蔫了，剩下的这几样搭配起来简直是左右不靠穷途末路的吃法。

烧开水，将通心粉倒进去用开水煮熟，拌上少许橄榄油。再把蚕豆罐头打开，火腿切好，扔下去同通心粉一起焗，调入番茄酱及胡椒粉。最后打入俩鸡蛋，趁鸡蛋半生的时候捞起来。

蚕豆火腿焗通心粉还是有生以来头一次吃，托哪吒的福。把意粉盛上盘子端到餐桌，打开啤酒，埋头闷吃。风味独特得相当近人情，心想若是日后沿用此做法再吃一次也未尝不可。

门锁响起的时候我心头一紧，接着是咔嗒一声，钥匙深入锁芯内部转动所发出的声音。

我放下叉子，屏息凝听门的响动。

隔了几秒，门才被推开，像是有人在门那头屏息静气略略迟疑之后做出的决定。

“哪位？”我探头望向客厅。

进来一个女人。粉白格子衬衫，暗色亚麻长裤，左手挽着皮挎包，右手拉着一个小行李箱，淡棕色的长鬈发摇曳在双肩。衣着哪样都不新，但保养得极好。女人转头看我的时候，眼角眉梢熟悉得令人诧异。这熟悉的眉眼经过时间打磨后形成一种新的印象，让人一时无法辨认。

是哪吒昔日的未婚妻。

她那样子让我怀疑起之前的她的存在，仿佛同哪吒经历的时光从她身上一一消泯，由此蝉蜕形成新的模样。但旧日模样则原封不动地潜入自身，从肉体变为不可瞧见的精神的一部分。

“他，死了？”她迟疑片刻，问道。

“嗯。”我沉了沉嗓子。

“真的啊。”她神色微变，又转瞬即逝地恢复原样，“什么时候的事情？”

“五月九号。”

她点点头，叹一口气，感觉有什么从身上脱落坠地粉身碎骨似的。她往沙发上走过去，虚弱地坐下，松开右手，行李箱乖巧地侍伏在她脚下静若拉布拉多犬。

“早前知道了一点点，没想到是真的。”她的双手无力地摊在膝上，身子蜷进沙发，喃喃自语。

“刚从美国来？”

她半答不答地点点头。

我去厨房拿了罐啤酒，撕开易拉口递给她：“没别的喝的了。”

“谢谢。”她接过，随即咕嘟咕嘟灌进嘴里。

在她失神止语的时候，我走进厨房收拾碗筷，拿着自己的啤酒回到客厅，在她身边坐下。

时过六点。墙上挂钟以僵直之姿稳稳地走动。从客厅的窗外可见远处斑驳闪烁的霓虹灯在半黑不黑的暮色里神经质地跳跃、闪烁。万家灯火在窗外景致中铺天盖地地来袭，房内静若深海。

她把头支在沙发扶手上，一动不动，感觉上她的呼吸像是秋日里被风吹动的桔梗。我坐在沙发的另一侧，静静感受这个女人缜密的、由内向外发散的气息。与之前哪吒母亲坐在一起由长椅上传来的哀伤的体温不同，这个女人透过沙发传来的感触有种深入骨髓的冷静。

隐隐听见她的肺腑传来嘤嘤的哭泣声，凝神一听，又不是。不过幻觉罢了。

“吃过饭了吗？来点意粉吧？”

“不，”她摇摇头，抬头看我，眼睛微微有些红肿，不知是因为悲伤还是睡眠不足所致，“想睡一觉，太累了。可以吗？”

“当然可以，请便。”眼下这个空间的主人早已不在，我们两个来客像是惶恐的无主之徒般谦让。

她讷讷地去卧房睡了，拿了梳洗包和毛巾，简单地在盥洗室梳洗过后便把房门轻轻带上。

“一个小时后叫我。”留下这话。

我慢慢地掏烟，慢慢地点火。她所坐过的地方形成一个浅浅的坑，同趴在一边被拉开又合上的“拉布拉多犬”相互呼应。

一大沓一大沓往事涌上来。人死了以后，对他的记忆就会停留在最初的那个年纪。我所忆起的哪吒几乎总在十七八岁。秋末海滩的篝火像龙王的舌尖一样温暖撩人，我和哪吒骑着摩托车沿着海岸线疾驰，那时各自的女人也不像今天的那么美丽动人，多半是各具特色鲜明有致。那时没有美食街，在海里抓了鱼和贝壳来烤，除了啤酒和女人是自带的，一切都是现成的。

庄岛有一年骑车摔断了腿，没事只好干坐在海滩弹吉他，那首《蜘蛛之歌》就是那时候弹得滚瓜烂熟的。我们听烦了就送他到附近的车站去卖艺，晚点再把他连同那一纸盒零钞领回来吃夜宵。吃着吃着不知哪天腿就好了。

要死也应该死在那时候。

不知怎么的突然这么想。

海里是有龙王的，哪吒说过。他怎么知晓我不晓得，如果没有他不会这样言之凿凿。不过我想他所说的龙王，大概是一个光着上身穿着泳裤的非现实性的男孩子，连人带滑板站在现实性的海里，言之凿凿地冲浪玩滑板罢了。有那样的人，就如同哪吒有个非现实的父亲，时不时在某个事情关键的节点上对他给出现实性的建议。

我的脑袋嗡嗡作响，愈来愈觉得对他之前说过的那个龙王般的男孩子产生种种奇怪的体悟。也许是烟抽多了，头昏脑涨的。看了看墙上的挂钟，七点一刻，不偏不倚到了叫她醒来的时间。何必把她叫醒呢，睡到自然醒让脑袋自然而然地适应眼前这个事实比较好，我想。脑袋到了想要接受这个消息的时候，自然会醒来。

她醒来是十点二十分，足足睡了四小时。在她睡着的时候我同这个房间、这个空间以同一速度均匀围绕沉睡的她缓缓旋转，感觉上像是某种驱魔仪式。

她仍然穿着那件粉白格子衬衫，只不过换了件棉质短裤，脚上的便鞋也换成了哪吒那双旧人字拖，大睡一觉的她看上去像是换了个人似的。

“实在抱歉，睡过头了。”

“没有的事。好些了？”

“好些了。”她在我旁边坐下，从沙发上的挎包里翻出一包七星，拿出打火机缓缓点燃。

这样的场景重复过若干次，只不过之前的她作为女主人的形态存在着，我们几个一同喝啤酒，吃烤鱿鱼、榴梿糕和蚝仔烙，边吃边谈论刚刚看过的影片，史蒂文·索德伯格的《山丘之王》，或是《沙滩上的宝莲》以及《海鸥食堂》诸如此类。哪吒有时一言不发地在一旁弹吉他，翻来覆去就是那首《伊甸园之东》。那条名叫“大葱”的大白狗也还活着，我们中有人喝得差不多，它就用舌头舔那人的手，如果没有反应的话就继续舔脸。哪吒同女人回房睡觉的时候，我就经常睡在沙发上，有时候被舔醒。半夜醒来的湿漉漉的脸，感觉像是被人推醒了在海风鼓荡的悬崖上演独角戏似的。

女主人来来去去自然换了好几个，唯一给我们煎蚝仔烙的只有她。

“怎么死的？”她说。

“在海滩偏僻的地方遇到几个调戏女学生的小青年，过去帮忙，被追上来的男的背后捅了一刀。”

一旁的她默默地低下了头。

“本可以不死，女孩硬生生吓跑了。他倒在沙滩上流血过多，直到被人发现送到医院已经迟了。”

她的肩膀一抽一抽的，不过没有哭。

“几个小青年倒是抓住了，据说是附近的高中生，都没满十八岁。具体怎么判还不晓得。”无论怎么交代，都有种错乱感。

她伸手在烟灰缸拧灭烟头，花了一点时间来消化我说的话。两年多没见，她抽烟的姿势熟练了许多。

“大概两个星期前，”她的声音听上去浩渺如天外之音，“无缘无故生了一场病，抱着孩子去花园散步回来，胸口忽然闷得不行，”她抚着自己左胸口心脏的位置，“像块石头闷闷地压在上面。晚上睡觉时出了一身冷汗，醒来发现额头烫得厉害，呼吸怎么也透不过气来。”

“家庭医生说我是受凉加受惊了，给开了一些安神清眩的方子。几帖药服下去，脑袋依然昏沉沉的，大脑某个部分却清醒得一片空白。”

“嗯？”

“我是说就思考能力而言，相当混沌，什么样的现实性事情在那时候都黏成一团，先生交代填写保险单的事宜啦，工作上有待修订的报表啦，甚至连吃下肚的菜肴都让人迷惑，总之昔日伶俐运转的部分阻滞住了，而非现实性的部分清醒得吓人。”

我看着她不断捻动香烟的手，继续聆听下去。

“感觉平日忽略的部分自动地开启，浮现上来，白天黑夜不休不止。医生说这是肺气上行堵住了气脉，给我接连开了几服药。就医学的层面上来说，医生的理论也许是对的，药吃完后我睡得很香，虚汗也不再出。不过，一旦停下来那情况又死灰复燃。”她无不淡然地盯视着前方的墙壁。

“嗯。”我转换了视线，从她夹着香烟的白皙的手移到了桌面。茶褐色的方桌上空荡荡的，除了几个孤零零的啤酒罐和烟灰缸，大片空旷的地方反射着白炽灯，白花花虚无一片。

“那后来我就见到了哪吒。老实说，是他来找我的。”

我深吸了一口气，静静地凝听下去。她没有顾及我的反应，自顾自地盯视白墙。

“那天晚上十点多，我喝了熬好放凉的中药，静静哄女儿睡下后回了房间。丈夫已经入睡，他这人一向睡得酣然，几乎一沾床就睡着。我轻手轻脚地关掉灯，拉起被子钻进了被窝。

“老实说，夜越静，脑海中非现实性的部分就越发坚挺。虽然头脑昏昏沉沉睡意蒙眬，残缺不全的意识也已经开始藕断丝连，然而清醒的部分却像黑暗中的猫头鹰那样熠熠发光。我躺了下去，辗转反侧，睡意一波一波地来袭，却被黑暗中明亮的猫头鹰牢牢地攥住。药失效了。

“小时候有个习惯，睡不着的时候便摩挲睡衣上的扣子。我一向穿那种有小圆塑料扣的衣服睡觉，并且扣子通常是花瓣形的，边缘就像起伏的浪花。那天我一边摸一边暗自觉得甚为古怪，近二十个年头没边睡边摸扣子了，食指沿着扣子边缘一圈一圈地划过去感觉怪怪的，像顺时针搅拌着意识的旋涡似的。慢慢地困意覆盖了眼睛、耳朵、鼻子、舌头、嘴唇，覆盖了浑身每个毛孔，每个细胞，异常清醒明亮的那部分意识也慢慢被腐蚀……这时候，他来了。

“他穿着一件老式的水手服，样式老旧却很合体。他推开房门走进来，以温润的极为体谅我的方式走进来。黑暗中我看不见他的脸，而他走路的步伐历历如昨。我没有丝毫的讶异，觉得那就是自然地实际上本来就会发生的事情。他走过来的时候我一直在想着自己爱他这件事，直到走到我床头前，单膝蹲下来。

“实际上，他走得越近，我越是看不清他的脸，只是凭本能地感到他脸上表情异常柔和。他细细地端详着我，我也看着他。那一瞬间我思考了一番：这是否是梦境？我的身体，我的整个感觉，对‘这并非梦境’这个看法了然于心，眼前的一切，比白天所思所想的现实纯粹且自然得多，对，自然、自在得多。”

我凝神看着她的脸，她讲述的时候眼神淡淡地投射在面前那堵白墙，我的视线从侧面落入她的瞳孔，感受到她眼里某种深海般的宁静。

“他用了相当长时间端详我，我觉得很安然，脑海里的杂念纷纷排空，只剩下纯粹的物质性的感受。他可能微微地笑了一下，那种脸上看不出的发自内心的会心的笑。他在心底问我，做爱吗？我在心底回答了他。我们用一种全然美丽的语言在说话，我感到很好。

“接着他掀开被子，用了一种温柔的姿势，极其超然。其间我考虑了一下在一旁睡着的丈夫，我能感受到丈夫真实的质的存在，他一呼和一吸，他的完全与哪吒不同质感的肉体的睡眠的平静。可是哪吒就在我身上，我感觉他的区别于现实的体质非常抚慰人心，因为哪吒的存在，周围现实性存在的事物一下子变得非常精微。

“‘我可是实实在在地存在着，在你身边的哟。’我感到哪吒心里在这样说。他说得很对。我们的语言、肉体，在那个层面上是相互等同的，但同时我又照常地感知着日常事物的一切，包括丈夫的鼾声，幽黑中连壁衣橱在窗帘缝隙露出来的街灯照射下的反光的柏木的质感，以及莹莹的床头柜的白色马克杯的高光，连闹钟嘀嗒嘀嗒走动的方式，都比日常白天看到的要深刻得多。

“他在我上面的时间并不特别久，也并非很短暂。在一个足够的、恰到好处的时间里，他从我身上下来，套上裤子，转身轻柔地为我盖好被子。他同我讲，大海被火烧了，波浪在慢慢停顿。”

“‘大海被火烧了，波浪在慢慢停顿’，他这么说？”

“我清晰地看见他的话，是看见，而不是听到。当时他表达的意思我一下子就明白过来，我说我明白了。那就好，他说。他很满意地看着我，爱怜地、无一遗漏地看我。我不太记得他当时的动作，只是那种眼神太深入，以至完全不在意形体。然后他转身走了，并轻轻地掩上门。走的方式也和来时一样均匀、温润。

“他离开我时我依然全心全意，全心全意地在这层浓郁的温柔中。我思考了一些什么，但那时候思考的过程显然与周遭的现实未能同步在同一时空，所以直到现在我也记不得当时思考的结果。”

我轻轻点头，她也低下头不再言语，视线重新回落到搭在双膝的手上，晦涩的双手微微蜷曲，蛰伏在光溜溜的膝头，像种无法言喻的动物。

很长时间房间内的空气被某种离奇的沉寂裹挟。我想就此说点什么，语言被冻僵在喉管里似的生生凝滞。足足隔了三十秒，我才换了个姿势，重新翘起另一只腿。

“所以，你就来了？”我问道。

“那天早上醒来我给哪吒公寓挂了电话，没人接。接下来的几天，仍没有人接。说起来，我已经两年没有同他联系过了。”她无不黯然地盯着自己的手。

“嗯。”我说。

“有个请求，”她抬起头，以谨慎的、极为哀婉的语气问道，“抱我一下可以吗？”

我伸过双手去拥住她的肩，以恰到好处、不惊动对方精神的气力拥住她。她的脊背很厚实，后颈处微湿的汗意略带几分迷惘，我着力从她身上搜寻哪吒留下的气息，那似乎有的，但我觅不出。

那女人走了以后，我不自觉地更改了整理哪吒房间的方法。信札、图表、休学证明以及号码本之类的私人物品我拿到了海滩，用哪吒遗留下来的打火机点燃了纸箱，火苗腾起那一刻，我浇上随身携带的扁瓶装的威士忌。“有什么黏黏糊糊一类的事情尽管一并处理就好了。”脑海中时不时地浮现哪吒母亲和那女人的面容，至于哪吒本人的模样和形体，却在大海面前同火一并掏空。直到最后我也没讲出哪吒的骨灰去了美国，但我想那女人恐怕会知晓的。

旅馆女孩

我有个还算过得去的少女时代。可是，除了我，身边的人都不这么想，他们觉得我是身世凄惶被命运遗弃的可怜虫，海苔街附近的邻居，一起上学的同学包括初一二班各科任老师以及班主任都这么认为——可怜的冬美，命运对她做了这么残酷的事情，我们一定要好好关爱她才可以。

表姨雅芝和他们不一样，她认为我很好，除了头发过于杂乱和指甲颜色不对之外，一切都很好。

雅芝是在父母过世的第二个月来我家的。她来家里第一件事，便是带我去剪头发，买新套裙，并给我涂上她从香港买来的指甲油，那是一种介乎淡紫和粉黛之间的颜色，涂上去显得手白白的。

“冬美好看得很。”雅芝说。

她说的是手，听起来像是在夸我。

雅芝的年龄介于二十八九到三十六七岁之间，也有可能更年轻或是更老一些，我没有问，也决定不问。

她是妈妈的远房表妹，在这之前，我只在家庭相册里见过她。她与母亲几个姐妹梳着小辫穿着短裤在海滩嬉戏，照片颇有一些年头了，是那个时代的人才有的笑容。另一张的她，穿着时髦连衣裙站在蓝色超跑前，从拍照的姿势看得出，那辆超跑的主人大概是她男朋友什么的一类人。

两张都和她不太像，她比照片还要讨人喜欢些。

“叫我雅芝就可以了。”

“嗯。”

她说话时嘴角竖起来一颗痣，这颗痣，照片里没有。

父母和弟弟去世后，车站之家就留给我了。我的家，也就是这个叫作“车站之家”的旅馆，位于海苔街车站后面，由于紧挨旅游车落点的地方，春夏之交时生意还是挺好的。

拥有这么一间平凡充实旅馆的父母，却为情自杀，这是身为长女的我怎么也料想不到的。父亲开车载着母亲和弟弟去超市采购，在返家途中，刹车忽然失灵，车子从海边盘山路俯冲下大海，三人坠海身亡。头发花白的老警察给我签字的结案报告上是这么写的。但那天，我在厨房的收纳柜里，发现了一封妈妈写的信。她把信和离婚协议书压在果脯袋和尚未拆封的冰糖罐之间。信中说，她想永远和我们在一起。

妈妈不愿意离开爸爸和弟弟，却离开了我。虽然很伤感，妈妈的愿望却实现了。明白这一点的我，接受了妈妈和命运共同的安排。浪花汹涌的海平面之下，是平静柔和的大海。

雅芝喜欢吃炸虾和煎鱼，她来这里之后，每天都做这两样菜，贝壳汤是煮的，但放很多咖喱粉。忽然转变饮食习惯的我有些不适应，拉肚子拉了两个星期之久。不过，我没把这事告诉她。

明明是我的家，自己却变得拘束起来。大概是因为一下子失去父母的缘故吧，从前能够坦然自若面对的事情，现在已经不可以了。

镇上有只叫“阿狸”的流浪狗，经常跑过来玩。最近这段时间，我都把自己吃剩的鱼啊虾啊，背着雅芝偷偷喂给阿狸吃。吃完辣乎乎的炸虾，它用舌头舔我的手，黏黏湿湿的感觉，会让我想起弟弟的拥抱。弟弟才五岁，有温柔如春风般的拥抱。

来我家之前，雅芝寄住在乡下姥姥家。据说她在那边的饮料厂打零工，每年暑假是旺季，冬季一来，饮料厂无事可干，她就到离家较远的镇上消夜摊帮忙。说起来，她煮的饭菜，大概也是消夜风格吧。

父母出事后，雅芝对姥姥说她可以来照顾我——

在这之前，我不过是她那从未见过面的表外甥女，这样真的可以吗？

当我这样问她的时候，雅芝淡淡地回答：“当然可以了。只要把你当作小时候的表姐来相处，不就行了吗？”

“说的也是。”我说。

雅芝窝在沙发里剪着指甲，长而单纯的鬈发垂在脚踝，样子极为从容。

“那，我像小时候的妈妈？”我想起母亲与雅芝的海滩合影。

“嗯，一开始不像，相处久了就像了。”

还有这种说法啊。

那次对话发生在她住进来的第二个星期，也是我拉肚子差不多好了的时候。

一个月后，夏风怡人的午后。

有个戴圆顶帽、背着挎包的男人在门口晃动，他问：“这里是车站之家吗？”

“是啊，怎么了？”雅芝半眯着眼，朝门外瞥了一眼。她和我正坐在店堂的沙发，喝着饮料吃着毛豆。

“对不起，请看门口的贴牌。”我答道。

“暂停营业。”男人打量好半天才念出来，“请问，我可以住宿吗？”

“可以啊。”雅芝轻巧地剥开一颗毛豆，放进嘴里咀嚼着，“进来吧。”她神色熟稔得像蛰居已久的老板娘。

“可是，我们这里不是停业好久了吗？”我嘟哝着。

雅芝带着男人晃悠悠地走上楼梯，一时间，觉得她的背影和母亲有惊人的相似。表姐妹外貌性格差异那么大，背影却那么像，血缘这种东西，真叵测啊。

父母去世后，车站之家停止了营业。帮佣花姨安顿好店里的琐事，辞了职，说是回家照顾孙子。“暂停营业”几个字，是附近居委会的老头儿帮忙写的。挂上去的时候，才想起来，自我出生起，车站之家从没有一天停止过营业。

所以，勤劳的父亲母亲，已经不在人世了。

刚开始时，还会不断有往年的熟客敲门按铃，问能不能住宿。孤零零待在家的我，听到楼下门铃响动，凄寂感会一下子涌上心头。曾经最熟悉最温暖的家，似乎已经成了荒草丛生的世界尽头。有好几次，我躲在世界尽头，逃避铃声的追捕。再后来，我把祭奠用的白色小花挂在“暂停营业”的牌子上，前来寻访的客人就慢慢绝迹了。

吃完剩下的毛豆，我坐在沙发上边翻画报边喝饮料，一直到夕阳昏沉，雅芝才慢悠悠地从楼上下来。

“从今往后，我们要照顾好车站之家啊。”

“听起来好像很难。”

“不要紧的，顺其自然就好了。比如，像今天这样。”

“这样啊。”

雅芝不知什么时候从柜台后拿出了花生米，拨开桌上的毛豆壳，就着花生又喝起来。

俊明对我的告白，是在挂出“暂停营业”的第二天。那天天气预报早早挂起了五号风球，晌午刚过，昏天黑地的风雨，使得门口的大树和招牌哗哗作响。我咚咚地跑下楼，去摁住油漆未干的停业挂牌。风雨里，远远地站着一个穿雨衣的男孩。

“俊明，怎么了？”

“我喜欢你。”

“想过好久了，的确是这样的。”

“如果不介意的话，今后请让我照顾你吧。”

一个十四岁的少年，说出这样稳重练达的话来，和这样贸贸然的天气，多么不相符啊。我站在雨里，盯着俊明的脸，雨水贴着透明的雨帽边缘滚落下来，觉得他很像雨人。

“请你照顾好自己，别感冒了。”我答道。

在班上，我是个默默无闻的女孩。父母出事之后，我一度成为大家议论的焦点。可是，我这人大概天生有种平凡女孩的特质，大家关注我的事没多久，很快失去了兴趣，转而议论班花的裙子花色、郊游票费、班主任月事周期之类更为微妙的事情。

因为得和平常一样上学放学，我也渐渐变得平静起来。只要小心翼翼的，就可以避免被议论、被关心，这样的生活，才是我想要的。但眼下，我又收到了俊明的字条，端正地夹在英文练习册里，语句简短，含义单纯。

“请你考虑一下。”俊明的语气，让我想起台风天时枝丫拍打大树，挂牌拍打墙壁时湿钝的声响。

“怎么会变成这样呢？”我折好字条，拉开抽屉，将它夹进用旧的笔记簿里，起身下了楼。

雅芝在厨房烧菜。韭菜炒花蟹，酱烧带鱼，汤锅里还炖着一锅热乎乎的蘑菇汤。

在厨房转了两圈，我收拾好碗筷，准备端出菜时，雅芝让我多添了一副碗筷。

“有客人吗？”

“昨天那个人。”

“噢。”

“既然是家庭旅馆，像样的饭菜应该备上几份，也是招徕顾客的方式。”她说。

才不是这样呢，我想，明明就是因为自己只在消夜摊做过，除了做消夜什么也不会的缘故吧。父母在世时，把旅馆的每个角落包括橱柜、杂志栏、行李架和地垫，收拾得井井有条，居家一样温馨，才是经营之道呢。

这么想着，我把多添的碗筷摆上了桌。昨天那人提着网兜装的半打啤酒走进来，冲我笑了笑。

“这个，麻烦帮我稍微冰冻一下，好吗？从超市刚买回来，没来得及冰冻。”他说。

他冲我笑了一笑，我也回应地笑了一下。其实，之前我在店里，对客人是不需要特地微笑的。

“我叫鸿见，请多多指教。”当我起身离开饭厅时，男人又说。

不习惯和客人太熟，这是自小养成的习惯。因为一直保持着这种习惯，才悠然自得地在来来往往的陌生人中生活、长大。吃饭时，鸿见先生不时给我和雅芝添酒，他和雅芝一开始聊的话题是潜泳和攀岩，后来就渐渐地说到青花鱼的做法还有世界杯比赛的趋势上去了。鸿见先生看上去既热情又开朗，可是，每个来小镇度假的顾客都这样，面对大海，毫无保留的阳光和新鲜的空气露出来的豁然心情，回到大都市时又会戴上这样那样的职员面具了。

毫不稀奇。我心想。

“您是做什么工作的？”我忽然问出一句。

鸿见先生夹着沾着芥末的鱼肉的筷子顿了一顿，随即若无其事地塞进口里，说：“我的工作，是职业黑客。”

“什么？那种编写程序的工作吗？”

“准确来说，是一种跟编写程序相反的工作。就是找出程序的毛病使之不能正常地工作，明白？”

“嗯，明白了。”我说。

其实，我也只是顺嘴问问，像这个连随身电脑都没有带就出来旅行的人，就算说是开钻探机或是经营保险公司的工作，我也不会在意。

“不过，在做黑客之前，我是推销教辅书的。”他指了指我放在橱柜一角那本卷起的模拟练习册，“上学期的模拟试题册，对不对？”

“嗯。”我点点头。

“毕业后我去了一家大型教辅出版社，别看我这样，当时我是社里销售成绩最好的员工呢。所以，你不会做的题目可以问我。”鸿见先生说道，他的表情一脸认真，看不出有什么开玩笑的样子。

“谢谢了。”我敷衍着答道，低头瞟了一眼正在吃蟹肉的雅芝，从她表情里什么也看不出。

鸿见先生入住一个多星期了，店里又来了几位客人，分别是兽医夫妇、喜欢攀岩的健身教练和出来修学旅行的两个大学生。雅芝请了新的清洁阿姨做兼职，每天负责换洗床单和打扫卫生，根据活儿多少来安排时间。有时候我也会帮着搭把手，主要是清洁楼梯和擦拭窗户，因为是从小习惯的事情，干得顺手的时候，昔日的时光好像又从楼梯扶手的木隙及窗户倒影中渗出来。

而我只感到平静。

不过是一家小小的旅馆，却和人一样，有着温情平淡的生命力，前来投宿的人们带给她生机，好像是自然而然的事情。即便是把“暂停营业”挂在外墙，也不会改变她的生命力吧。

兽医夫妇离开时，留下来一个花栗鼠标本。死去的花栗鼠栩栩如生地蹲着，淡褐的毛发有些暗淡，却比真实的动物更动人。我想把花栗鼠放在柜台后的壁架上，遭到了雅芝的反对。

“会把客人吓跑的。”

“不觉得它很可爱吗？”

“只是冬美喜欢而已，客人不喜欢怎么办？”

“不喜欢就不喜欢。”

头一次在雅芝面前坚持自己的意见，不知为什么我倔得不行。

“好吧，那就先放放看。”

“就这么说定了。”

不论是食物的口味、投币洗衣机的摆放位置，还是新更换的坐垫颜色，甚至决定旅馆的开业与否，都一一按照雅芝的想法来做。可花栗鼠这件事，我过于倔强了。它虽然死了许久，闪闪发光的眼神却让我心动。

吃饭时，鸿见先生说：“那个标本真不错。”

“你也这样认为吗？”

“来这边度假的客人，都是前来跟大自然亲近的，那只小松鼠，让人感觉跟大自然离得好近。”

“是花栗鼠。”我说道。

“还有这说法啊。”雅芝一副笑吟吟的样子，根本看不出之前反对得那么强烈。

鸿见先生点点头。他今天穿着皱巴巴的暗色 T 恤，T 恤外随意套了件灰衬衫，挽起袖子的胳膊晒得黑黢黢的，大概是一整天在海边钓鱼的缘故吧。入住一个多星期了，鸿见先生无论从肤色还是样貌，都有着明显的变化。衣服变得皱且随意，略瘦下去的面庞两侧留着日晒后墨镜的痕迹，下颌也出现了淡淡的胡楂。这个人，感觉上离我们的生活越来越近了。

“这个周末，去采野菜吗？”雅芝和鸿见先生聊得兴起的当儿，一下转过话头问我。

“采野菜？”

“我呀，和鸿见先生赌球比赛输了，答应带他去山上采野菜。”雅芝说。

我望了望鸿见，他正专心致志地吃着炸鱼肠，不像是开玩笑的样子。

“好的。”我说。

兽医夫妇和大学生离去后，又陆续来了一些新客人。外墙上挂的“暂停营业”的牌子似乎已经没用了。我骑着自行车从渔场采买新鲜食材回来，远远看见木底红字的停业挂牌，被熏上了淡淡的茶色。不管诉说了些什么，都没有人在意，这牌子，和自己一样，是个孤独的孩子。

我决定把它就这样挂着。不管怎样，这牌子现在看起来像属于旅馆的小小的伤疤，虽然愈合了，我却不想忘记它。

不想被周围人的同情怜悯所包围，只想和外来的游客相处，这种心情，是认识鸿见先生以后，不知不觉间产生的。和那些不了解我身世的人沟通，无拘束地谈论沙滩排球的玩法、镇上的小狗或是新一期装扮杂志的热点，都令我自在。

在来到的客人里面，似乎也有几个熟客。那天，一对穿着夏威夷套装的中年情侣向我打听父母的去向，我很干脆地说：“不认识什么川宁夫妇，我只是附近来打工的中学生。”

“这样啊。”穿花衫长裙的女人坐在店堂沙发上，摇着瓶装橘汁，对身旁的男人嘀咕着，“不过话说回来，这孩子，侧脸看很像那个老板娘呢。”

“是嘛，”那个穿夏威夷花衫的男人剔着烟斗里的灰，“你们女人的直觉啊，跟夏威夷的僧海豹差不多。”

“说起来，夏威夷的僧海豹还真是可爱。”

“就是啊。”

雅芝应付客人的天赋好像是慢慢展露的。一开始，我只觉得她是个适合普通零工工作的女人，照料店里生意以后，她的和颜与悦色，单纯与愉悦，妥帖得让人吃惊。当老板娘的天赋，果然就是天生的。回想起她第一次带着鸿见先生上楼的背影，就好像是老式电影里的开场白。

“到山里去的话，还是多带点解暑的甜点。烤肉和鲟鱼煎饼卷也要提前做好。”雅芝在厨房里焖煮烤肉的酱汁，蒜香味道混着酒汁的香气飘荡开来。

“其实，你们可以自己去。”我说。

“没有冬美怎么行。”雅芝的话音酝酿在蒸煮的酒气里，听起来有股甜味。

出门的时候，我戴上了妈妈那顶米色的巴拿马草帽，还特意将帽檐卷得低低的。沿途遇到三三两两出来郊游的学生，我会不自觉地将头瞥向另一侧，故意把视线落在很远很远的地方。

“冬美，你这顶草帽好阔气啊。”

“是妈妈的特色。”我用指尖顶了顶帽檐。

“我就说嘛，表姐那人……”

到山上的路有些远，公交车慢腾腾地沿着盘山公路行驶着。经过父母出事那段拐角公路，我低下头，将视线缩到了膝盖上的双手。车窗外，无比碧蓝的海水反射着涣漫的日光，梦一样慌张。

“冬美，怎么了？”鸿见似乎察觉到了什么。

“眼睛疼。”我喃喃着。

他转头看了看窗外，那时候，我感觉到刺目的海水荡漾在他眼睛深处。

中午，我们在树林里采了许多野菜，雅芝将各式野菜混着蟹子和煮鸡蛋，拌成好吃的杂菜沙拉。我们坐在林子的荫翳处，就着混了矿泉水的白葡萄酒，吃着野菜沙拉。夏天的野菜有股淡甜淡腥的味道，吃进嘴里有种天真烂漫的感觉。

在外面吃饭，比平常更能品尝出食物里的咸味和其他味道。哪怕是简简单单的一份荷包蛋卤菜便当，我也一定会端着它在教室外的操场或者树林走道来吃。

“想什么呢，冬美同学？”鸿见问。

“感觉上，我的生命大部分都是夏天啊。”我说道。

“哦？”

“这个镇子，还真全部都是夏天啊。”雅芝轻轻地回应道，眯起眼睛承接林隙深处的阳光。

“嗯。”我脱掉鞋，光脚搭在草地上，沐浴着树荫之外的阳光。

这是一种混着淡淡柠檬色的阳光，虽然看不见里面的色泽，手啊、脚丫子等身上的部位却能感觉得到。

“这么说，如果我一直待在这里，夏天就不会过去。”鸿见起了一罐啤酒，递给雅芝。

“那是。”她说。

感觉上雅芝和鸿见在恋爱，但也许是另一种形式的男女恋情。这方面，我还不太懂，却隐隐觉得他们之间有什么不同寻常的地方。也许做爱了也不一定。从山上回来后，鸿见仍是白天外出，晚上回来和我们一起吃晚饭。雅芝烹饪的菜色渐渐变得明亮丰富起来，从之前各种咖喱口味的煎鱼或是炸虾，变成了充斥奶味的香蒜意面、鲍鱼口味的茄汁炒年糕、香草芦笋三文鱼，以及添加了甜杏的玉米虾仁浓汤。家常的味道一日比一日浓郁，有时候举起筷子时，我会呆怔上那么一小会儿，觉得从前那个细腻可爱的家，似乎也并没有失去得太遥远。

只是失去一点，一点而已。

有一天，那个女人来了。

站在店堂书柜旁，时而看看柜里摆放的旅游纪念章，时而翻阅电车导览手册，中途还抽了支烟。当我背着书包走上楼梯时，她的视线紧紧地黏了上来。一时间，我内心有种怵惕，很快又恢复了平静。

写作业时，我不时地朝窗外瞄去。直到我快把一套英语习题做完，女人才慢慢地从门口走出来。她挎着一只淡色的小包，顺着旅馆门口的石坡路，独自往车站方向走去。这是一个既不时髦，背影也很普通的女人，我静静地注视着她，看着她从车站拐角消失。这个无数次在想象中觉得不会原谅的女人，实际上看见她，那种感觉却消失了。

而且，我隐隐觉着她有些可怜。

期末考试快到的时候，我已经把先前落下的功课全部补回来了。夏天溽热的暑气时不时地透过蝉鸣传到教室。校服有些小了，袖口和肩胛处紧紧地贴着身体，坐下去时裙摆也褪到了膝盖边上。

就是说，在不知不觉的人生变故中，我长高了。

正值青春发育期的班上同学，谁都能适应身体变化的剧烈过程，我本来也是能的。在外界生活骤然改变的这段时间里，我的身体一如既往地成长着。

发现这一点时，我来初潮了。

从卫生间里褪下的裤子，有淡淡的玫红痕迹。这种体内渗出的温暖液体，看来就像单纯的河流。

比起无法抑制的眼泪，我更喜欢悄无声息的河流。回到教室之前，我在内裤里垫上了手帕纸。

新来的住客们在意见簿上写下很多留言。那些留言，大部分温暖有致，像“大海太美好了，还会再来”“我为拥有如此笨拙的男朋友感到自豪”“我的邮箱是XXXX@XXXX，请联系我”，偶尔也是有真实意见的，“要是能提供冰镇的米酒就太好了”“想要房间的情侣味道更浓郁一些”的这种。

父母经营车站之家的时候，意见簿这种东西是没有的。我的父亲母亲总是循规蹈矩地用一般小旅馆的待客理念招待客人。雅芝放上那本印着草叶形状的意见簿后，住客和住客之间，住客和经营者之间，那层隔阂好像变淡了，即便有，也可以通过随便什么言语或者小事情之类拉近距离。

或许，原本雅芝心灵深处，就存在某种炽情，让任何设防或者不设防的陌生人敞开心扉的那种性情。有她在，和随便什么不熟的客人沟通起来，我都觉得轻松多了。

“以前爸爸在维修家庭旅馆的时候，镇上新开辟了一条旅游线路。可爸爸说，他并不希望把旅馆弄得太喧闹，只想让住在这里的客人能静静感受小镇的静谧和大海的祥和。所以不管怎么样，爸爸都没有增加旅馆的房间，只是和妈妈一起，把这里的每个角落收拾得更加细致妥帖。”

“冬美的爸爸妈妈，一直在用沉静的心来照料这个地方。”

“可是，有雅芝在，却把这里变成了既放松又温柔的地方。”

“如果把这个看作对我的夸奖，那么，谢谢你了，冬美。”

这一天，做完旅馆房间整理的工作，雅芝和我坐在阳台藤椅上，边看日落边喝饮料。我喝的是橙汁汽水，雅芝喝的是加冰的白啤。

“擦拭桌椅，囤积啤酒，更换鲜花，誊写旅馆日记，那些乍一看理所当然的事情……从前和父母一起和睦生活的时候，日积月累积攒在我内心深处形成的习惯的力量，到现在一直支撑着我。”不知道为什么，我一鼓作气对雅芝说出这些。

“是啊，看上去平凡简单的生活，但保持下去却需要某种勇气。”雅芝喝了一口啤酒。

天空中布满淡淡鱼鳞状的红色云朵。不知从哪里飘来一股柑橘的清香。傍晚的空气中含着各种美妙的香气。这种香气不是人类生活的味道，而是饱含海水的大自然散发的丰满的馨香。

“那个鸿见先生，你喜欢他吗？”

“他啊，可是个离家出走的男人啊。”

雅芝没有正面回答我的问题。

鸿见大概回家了。在我看到意见簿上写着一句简短的留言 “我还会再来”时，他已经不在了。晚上，餐桌上坐着我和雅芝两人，芥末酱烧鸡、黑椒鱼骨、锅贴青花鱼、煮豆子，还有小份的甜菜根蔬菜汤，怎么看，都有点丰盛得过了头。

两个人吃饭好冷清啊。我心里想着。

“这青花鱼，是鸿见先生留下来的。”雅芝似乎知道我在想什么。

“冻在冷冻柜里，足够整个夏天呢。”

“这么多啊。”

我夹了一筷子，轻轻咬了一口，鱼的滋味混着酱香一直传到了胃里。

周末的夜晚，旅馆特别热闹。白天出去游玩的顾客，和特地挑选周末来度假的客人，都喜欢待在旅馆的天台，趁着夜晚凉爽、空气湿润，就着啤酒说说笑笑。

父母打理旅馆的时候，天台本来是晾晒被褥和床单的地方。鸿见把钓鱼的阳伞放在那里，又从海边带回来几块浮木，切割成为可供歇坐的木墩，周围装饰的石头和贝壳都是他散步的时候从海边捡回来的。久而久之，就有不少客人喜欢来这里纳凉、喝酒。

这样细腻的男人，竟然会抛弃自己的家庭离家出走，想想都觉得不可思议。

“冬美，你听说过这里关于河童的传说吗？”一个同我差不多大、戴着彩色耳环的女孩，晃着可乐罐，在我身旁的木墩坐下。

她是跟父母一起出来度过暑假的城市女孩。

“嗯。”

“讲给我听，好吗？”她问。

虽然谈论的话题是河童，我不由自主地想着，这个女生，也像我一样，来初潮了吗？

从前我的世界非常简单，只有家人、旅馆和大海。虽然成长在嘈杂的旅馆，从小到大，父母都竭力不使顾客们带来的外界杂质渗入我的生活。

可是，像现在这样，雅芝轻轻松松打破了客人们和我之间的壁垒。这样似乎也没什么不好。

“我们来交换吧。”我说，“我告诉你河童的事情，你告诉我卡百利乐队演唱会的事情吧。”

“像我们这种热闹、有人气的旅游的地方，也流传着有关河童的传说。不过这里的河童，是出没在海里的孩子，有时候说着人类的语言，有的时候用海底生物的语言来交流。听镇上见过河童的邱太婆说，河童这种生物其实很单纯，只是它们喜欢模仿人类，像前来钓鱼的游客啦，晒太阳的比基尼女孩啦，还有冲浪的情侣什么的，都是它们模仿的对象。”

“真的吗？”

“不清楚啊。只听说，原先我们镇上的渔民都有供奉河童的习惯。因为真正纯粹单纯的河童，可以丈量大海的深度和台风的高度。”

“真好啊。”女孩眼神里充满了羡慕。

接着，我问起她城市的超高速悬浮车、看得见云朵的旋转餐厅，以及万人空巷的卡百利乐队的演唱会。

“要是小镇的海滩可以举办音乐节就完美了。”我说。

“这个，送你。”女孩摘下她的一副耳环，我这才发现耳环上嵌着细小的兔形骷髅，看起来很像遗落海底的动物尸骸。

我不愿离开父母亲手打造的完美世界。虽然女孩说出了令我心动的事物，但是它们听起来好像异常遥远。我就是因为单纯，哪怕来来往往的客人们像海潮一样带来各种各样的都市气息，在雅芝的关照下，我也依然觉得自己身处父母营造的纯朴天地中。

“好好看一下风景，将视线投向大海，做一次深呼吸。你的父母和弟弟，他们身处海洋深处，不管怎样，要相信爱你的父母的选择。人生不可能只有悲伤。仔细观察一下就会明白，除了悲伤，还有更为珍贵的东西为你准备着。”

我感觉妈妈跟我说了这些话，不是用语言。

暑假快结束的时候，俊明骑着机车来到旅馆门口，接我参加班里的夏季篝火晚会。因为经期到来的关系，我没有带上那套橄榄色泳衣。我将手揽在俊明腰上，听着凉丝丝的海风从耳畔掠过。

自从父母去世，有许多日子没有去过海边了，在我对着大海双手合十祈祷后，转身来到了同学们中间。

夕阳用透彻美丽的光线照耀着同学们的脸以及身边的烤架啊、坐垫啊、泳圈等杂物，而我感觉这就是父母的一部分。白色的海浪在阳光的照耀下，向无尽的天际延伸。所有的光线都来自异常遥远的大海深处，全是美丽色彩的连续。

“冬美，真的很喜欢你。不管什么时候什么事情，你身上总是散发着单纯的、与生俱来的幸福。”俊明对我说道。

“我哪有你说的那么好。”

“不是好，那是与生俱来的你。”